麒麟传媒·尚书房 出品
www.qlpress.cn

生活·认知·成长
青春励志故事

生活·认知·成长
青春励志故事

人与鸟·墙中人

想象卷

杨晓敏◎主编

地震出版社

图书在版编目（CIP）数据

人与鸟·墙中人：想象卷/杨晓敏主编．—北京：地震出版社，2012.2
（生活·认知·成长青春励志故事）
ISBN 978-7-5028-3999-4

Ⅰ.①人…　Ⅱ.①杨…　Ⅲ.①短篇小说—小说集—中国—当代
Ⅳ.①I247.7

中国版本图书馆 CIP 数据核字（2012）第 021636 号

地震版　XM2609

人与鸟·墙中人——想象卷
主　　编：杨晓敏
执行主编：马国兴　王彦艳
责任编辑：赵月华
责任校对：孔景宽　凌　樱

出版发行：地震出版社
北京民族学院南路 9 号　邮编：100081
发行部：68423031　68467993　传真：88421706
门市部：68467991　传真：68467991
总编室：68462709　68721982　传真：68455221
E-mail：seis@mailbox.rol.cn.net
http：//www.dzpress.com.cn
经销：全国各地新华书店
印刷：北京振兴源印务有限公司

版（印）次：2012 年 4 月第一版　2012 年 4 月第一次印刷
开本：710×1000　1/16
字数：197 千字
印张：14.5
书号：ISBN 978-7-5028-3999-4/I（4674）
定价：26.00 元

序

杨晓敏

好书是具有生命力的。一本好书，我们拿在手上，揣在兜里，或者放在枕边，会感觉到它和我们的心一起跳动。在日常的学习生活中，我们每天都在用最经济的时间、精力和财力，收获着超值的知识、学问和智慧，于是我们自己，就在一天天地充实厚重起来。

优秀的短篇小说，就是这样的好书。它是顺应现代人繁忙生活而发展成的一种篇幅短小的小说。跟一般小说一样重视场景、个人形象、人物心理、叙事节奏。优秀的作者可写出转折虽少却意境深远，或转折虽多却清新动人的作品。

现在，许多优秀的作者舒展超感的心灵触觉，用生花的妙笔，把小小说从文学神坛上牵引下来，在我们广大读者面前，展现出一幅幅五颜六色的生活画卷，或曲折离奇，或险象环生，或嬉笑怒骂，或幽默诙谐。于是，阅读一本小小说，就成了繁忙生活的轻松点缀，紧张学习的有效调剂，抹平了你我微皱的眉头，漾起了会心一笑的嘴角。

我们精心编选的这套“生活·认知·成长青春励志故事”小小说丛书，每一辑都包含了“悟性”“创意”“想象”“品味”“风尚”“情愫”六卷，并围绕这六个主题，选取当代国内知名作家的精品力作，各自汇编成书，具有强劲的文学感染力。篇篇都耐人寻味，本本都精挑细选，既是青少年认识社会的窗口、丰富阅历的捷径，又堪称写作素材的宝典。作品遴选在注重情节奇巧跌宕，阅读效果峰回路转、柳暗花明的同时，注重价值取向，旨在引导青少年全面、客观地认识社会，开阔视野和胸怀，提高综合素质，进而确立正确的人生观、价值观。

在这套书里，我们推荐给青少年读者的是充满活力的大众文化形态的小小说佳品荟萃。所选择的作品，尽量体现质朴单纯，而质朴不是粗硬，单纯不是单薄；体现简洁明朗，而简洁不是简单，明朗不是直白。它们是理性思维与艺术趣味的有机融合，是人类智慧结晶的灵光闪烁，是春风化雨滋润心灵的真情倾诉，是鲜活知识枝头的摇曳多姿，是青少年读者嗅得着的缕缕墨香。

知识没有界线，可以人类共享，只要是具有优良质地的文化产品，都能互补、渗透、影响和给人以启迪。任何一粒精壮的知识种子，播撒在人们的心灵深处，都会开出艳丽的花朵，结成高尚的果实。

青年出版家尚振山先生以极大的热情，独到的眼光，精心策划了这一套“生活·认知·成长青春励志故事”丛书，我和同仁马国兴先生、王彦艳女士应邀参与编纂，当然也愿意大力推荐给广大青少年朋友们。

2012 年春

人与鸟·墙中人 contents 目录

鱼图腾

○蔡　楠

现在，我就静静地游弋在白洋淀博物馆里。或者说，就静静地游弋在玻璃橱窗里。游客在我面前鱼一样游来游去，对我品头论足，拍照摄像。我有些烦。我真想一个鲤鱼打挺儿，飞出博物馆。可玻璃禁锢了我。我其实是在凭着千万年来的记忆在游泳。

记忆是现代通向远古的一条通道。我常在这条通道里来回游动。在遥远的记忆里，没有玻璃，没有现代化的建筑，只有水草连天的一片泽野，还有古黄河的冲积扇群。就让我从这泽野和冲积扇群说起吧。

那时，我是一条年轻的白鲤。我和我的同伴红鲤、黄鲤们就生活在这一片水草连天的泽野里。淀水澄澈，水草丰茂，空气清新，成群的鸥鸟在葱绿的岛上鸣唱。我们就在水里欢快地舞蹈。我有时候还大胆地把身体晾晒在岛边。一只红嘴黑天鹅慢慢地靠近我，啄着我白色的鳞片，我的身体舒服极了。

我是听到水山的脚步声才匆忙跳进水中的。那脚步声急促而嘈杂。起初是一两个人的，后来是一群人的。水泽映现出他们身上脏兮兮的兽皮、乱糟糟的长发和手里的棍棒、石器。这是一个氏族。他们是山顶洞人的后裔。他们是在远行的途中迷路的。无意中他们发现了这片水域。那个叫水的女首领把脖子上的贝壳项链一下子就拽散了。她的声音随着那落水的贝壳，野花一样怒放开来，山，找到路了，这里就是咱们以后的路！

这还用说吗？这里也是咱们以后的家。被唤作山的男人早就跳进了水里。他身上的兽皮像荷叶一样飞到了岸边，身体像块黑漆漆的石头砸得水面痛苦斑驳。他的身后是更多的石头一起砸来。男石头，女石头。一个氏族的所有的石头。他们都精赤条条地沉入了水底，又浮上了水面。他们变成了黑鱼，变成了黄鱼，变成了白鱼。那片淀水，变得浑浊和污秽。山洗干净了身体和头发，上岸拿来一截削尖了的木棒，一个猛子扎进水里，又一个跳跃蹿出水面，木棒上就插着一尾疼痛呐喊的鲤鱼了。山把鱼送到了正用骨针盘头的水手里，然后又一个猛子扎进了水里。其余的男人如法炮制，他们的木棒上就都有了我的同类。我躲在深水的石缝间，才逃过此劫。

我看见他们精赤条条，上了小岛，点燃了一堆堆的蒲草。鱼们就在火里变成了食物。还有的人，等不及，干脆就把活的鱼直接送入嘴里。吃了鱼有了力气，他们又向水鸟们发动进攻。野鸭、野鸡、野鹭惊飞了半边天。鸟巢被捣毁，鸟蛋成了他们的腹中食。又是一堆堆的火起，鸟类焦煳了翅膀。那只红嘴黑天鹅拖着被击中的伤腿，黯然一声哀鸣，冲进了云霄……

这片水域真的成了这个氏族的家园。他们盖起了窝棚，建起了水寨，养儿育女，过起了日月。而我们不得不向深水迁移。在迁移途中，鱼们都咒骂着这群恶魔。而我却在思考着一个问题：人类与鱼类不是天敌。我们应该成为好邻居，应该创造一种更好的生存方式。

于是，我毅然返回了那片原始的水域。我跳上了那个小岛。奇怪，当我踏上小岛时，我竟然变成了一个人的模样。我找到了水。她正在岛上采集野果，肩上还背着一个红嫩的女娃。山躺在一堆野草上嚼着草根。鸟们都飞走了，山用于捕猎的工具已经布满了青苔。我对水打着手势，艰难地说着我的思路。我说，你们要学会种植，要种粟，种黍。我说，你们要学会养殖，要养猪，养牛。我说，你们要学会制造，要造犁，造锄。我说，你们要学会纺织，要纺布，制衣。我还说，你们要走出这个小岛，要走遍整个泽野，走遍整个冲积扇平原。水听懂了我连比画带说的鱼语，她把女娃扔给了山，光着大脚板，跑了。她吹起了石哨。不一会儿，整个水寨的成员都聚集来了。

水要我再说一遍。我已经不会说了。我跑到了小岛的边缘，跳进了水里。我又变成了一条白鲤。

后来，水带着她的氏族走了。搬到了岸上。他们按我说的做了。他们学会了种植养殖，学会了制造纺织。后来，又来了几个氏族。他们建起了部落。山当了部落长。再后来，他们兴起了商业，建起了这片水泽最早的浑渥城。

鱼们和鸟们就又回到了泽国。我们在经历了那么多的伤痛之后，又恢复了往昔的平静。

可我已经不能平静。我想去看看浑渥城。我想告诉他们城市还要扩大，还要变迁，甚至还要灭亡。于是我又一次跳到了平地上。我在城里找到了山。山水没让我再回泽国。他们扣住了我，把我供奉在部落中心的广场上。从此，他们不再吃鱼。我就成了他们的图腾。

正如我所预料的那样。那座部落城数番沉降隆起，数番灭亡生长，终于变成了你看到的现代化都市。早已变成鱼化石的我，在千万年出土后，被当做宝贝送进了白洋淀博物馆。

洁　癖

○张晓林

米芾素有洁癖。在世俗人的眼里，这是一种怪病。因为这种病，米芾得罪过许多人。

杨皓是黄庭坚的朋友，与米芾也多有交往。他们常在一起饮酒，吟诗填词，切磋书艺。有一天，他们来樊楼小酌。杨皓是个很洒脱的人，席间，他叫来了三个歌伎，一边喝酒，一边听歌，很有些当今某些官员的做派了。

喝着喝着，杨皓就喝得高兴了。他离开座位，走到一个歌伎跟前，一弯腰，撩起歌伎的长裙，把她的绣花鞋给脱了下来。他把绣鞋搁在鼻子前深深地吸一下，放进酒杯，对大家说："这叫鞋杯，今天咱们喝个花酒。"

他的话还没说完，米芾的脸就黑透了。他抬起脚，"哗啦——"把酒桌踢翻在地。

杨皓也勃然变色。

从此，米杨二人再没有来往过。

除了书法、绘画、砚台、奇石，米芾还喜欢饮茶。他常对朋友说："品茶试砚，是第一韵事。"

米芾饮茶，喜欢"淡者"，也叫"茶佛一味"。

更多的时候，米芾喜欢一个人独饮。缓烹慢煎，细品悠啜。窗外或是芭蕉细雨，或是搅天大雪，都仿佛离自己很遥远了。——这个中滋味，不可言传。

有时候，也携一二好友共饮。品茶，一人得神，二人得趣，三人得味，人再多，趣味全无了。

能和米芾一起饮茶的，多是些骚人墨客。

但也有看走眼的事情发生。

米芾新得了几饼蔡襄的小龙团，恰逢这一夜月白风清，米芾来了清致，便携茶拜访初结识的朋友赵三言。

赵三言是赵宋宗室，吹得一口好横笛，婉转悠扬，没有一丝尘俗之音。

米芾结识他，是听了他的横笛后。

坐定，赵三言让书童去烹茶，二人说了一些闲话。茶上来，香气淡淡地充溢了整个屋子。赵三言很激动，连呼："好茶!"米芾有点不高兴了。他觉得这喊声太刺耳!

茶稍凉，赵三言连喝三盏，嘴里啧啧有声。

米芾坐不住了。他"呼"地站起来。他说："没想到你这个人这么俗!"

米芾把这个新结识的朋友又给得罪了。找上门来得罪人，这就是米芾。

杨皓上次受了米芾的羞辱，一直窝在心里。

这一年，米芾犯了事。

有人得了一幅戴嵩的《斗牛图》，弄不准真伪，就拿来叫米芾鉴别。画幅打开，米芾眼睛都直了。他对来人说："画，先搁在这儿，你明天来取，我得细细地揣摩一下。"

那人犹豫了一阵子，还是放下了《斗牛图》。

第二天，那人来取画，米芾说："画是假的。"

来人接过米芾递过来的《斗牛图》，狐疑地走了。

不久，那人就把米芾告到了御史台，说米芾骗走了他的名画。

主抓这个案子的御史，就是杨皓。

杨皓是办案的行家。他找来一个鉴画的老油子，老油子一看，说："这画墨色不会超过半月。"

米芾没话说了。他还给那人的《斗牛图》是他临摹的。他把真迹给昧下了。

杨皓把米芾关进了大牢。在狱中，米芾也没能丢掉他的怪毛病。

狱卒来给他送饭，米芾告诉他："再送饭请把饭碗举过头顶。"

狱卒觉得这个犯人很有意思。

狱卒也是个人来疯，下次送饭，他把饭碗举得高高的，嘴里唱着戏文，旋风般地来去。——他当成一种乐趣了。

有一天，偶与人谈及此事，那个人知道米芾的底细，笑笑说："没有别的，这个人爱干净，他怕你嘴里的浊气呼到饭上去。"

狱卒听了，半天没有言语，只有牙齿在嘴巴里咯嘣咯嘣响。

晚上送饭，狱卒见米芾还在梦乡，就拾起两三根稻草，窝了窝，去旁边的溺器中蘸了一下，捞出，狠狠地在饭碗里搅拌起来。

米芾睡醒了，觉得肚子饿得厉害。他看见了狱门的饭碗。他走过去。他端起了饭碗。

老虎药店

○郑渊洁

莫洛懒洋洋地躺在山坡上晒太阳，他看见一只八哥落在头顶的树枝上。

“你好，小八哥。从哪儿来?”莫洛问。

“从城里来。”小八哥有点儿矜持。她觉得城里人同乡下人说话就应该这样。“城里好吗?”莫洛隐隐约约记得听人说过城里不错。“城里？城里太棒了。有汽车，有电视，还有带空调的房子，还有高级的餐厅，餐厅里有山珍海味，香极了!”八哥知道老虎馋，她专门加重了“香极了”三个字的语气。

莫洛睁大了眼睛。“我能去城里住吗?”莫洛问八哥。他想吃山珍海味，想看电视，想坐汽车……“你没钱哪！知道吗？在城里走一步就是一块钱，没钱不行。”还是八哥见多识广。

莫洛泄气了——他没有钱。

八哥忽然想起了什么，她说：“你们老虎的骨头在城里是珍贵的药材，有一种虎骨酒，是用老虎骨头泡的药酒，专治人的风湿病，一瓶上千块。你去开个卖虎骨酒的药店，保准赚大钱。有了钱，还愁在城里过不好吗?”

莫洛一跃而起，紧接着又卧下了：“可虎骨从哪儿来呢？我总不能把自己的骨头取出来泡酒吧?”莫洛觉得与其贡献几根骨头在城里吃山珍海味，还不如四肢俱全待在山林里风餐露宿。

“傻瓜！你卖假虎骨酒呀！你老虎开的卖虎骨酒的药店，谁不相信是真的！”八哥聪明绝顶。

“这……”莫洛觉得有点儿那个。

“嗨，你当人类都那么实心眼儿呀，还不是你蒙我，我蒙你，自己还蒙自己呢！”八哥挺了解人类。

老虎莫洛经不住八哥的撺掇，决定去城里开药店。莫洛在山林里准备了一大包羊骨头和兔子骨头，进城了。他在城里租了间房子，开起了专卖虎骨酒的药店。

此城历来空气潮湿，城中居民患风湿病者甚多，且苦于缺少良药，每每被风湿病困扰，痛苦颇多。城里忽然开了一家专卖虎骨酒的药店，而且是老虎开的，当然是正宗虎骨酒无疑，居民们争相抢购。老虎莫洛白天应付顾客，卖酒，点钱，晚上砸羊骨头和兔子骨头，往一个个盛着劣等烧酒的酒瓶子里塞。莫洛发财了，他买了汽车，买了豪宅，每天出入高级餐馆，过上了舒适的生活。

再说这城里的风湿病患者，从前只是耳闻虎骨酒是治风湿病的良药，谁也没福气买到过。现在，终于弄到了老虎亲自出售的虎骨酒，他们滴酒未沾时，竟然已觉得病好了一半。斗转星移，时近半月，随着一瓶瓶虎骨酒的入肚，全城的风湿病患者都痊愈了。不管天怎么阴，雨怎么下，再没一个人的关节疼了。

全城的居民都把老虎莫洛视为福星，人们商议着在城中央为莫洛塑像。

这件事传到了一位专治风湿病的医生耳朵里，他专程赶到这座城里，买了一瓶虎骨酒。他要研究这特效药的成分，写学术论文。羊骨酒和兔骨酒没逃过医生的眼睛，真相大白了：原来老虎药店卖的是假药。

第二天，全城各大报都揭露了这一丑闻。人们惊呆了。怎么，老虎药店出售的虎骨酒是假的？当居民们意识到自己上当后，他们的风湿病又卷土重来。是啊，假虎骨酒是不应该治好风湿病的。如果治好了，说明患者不正常。

正好遇到阴天，风湿病患者的关节剧烈疼痛起来。他们的家属蜂拥到老虎药店，找莫洛算账。莫洛吓坏了，当即表示要痛改前非，赎回罪过——卖真正的虎骨酒。

“他骗人!”“不能相信他!”人们愤怒至极。

为了让大家相信，莫洛亮出虎气，他拿出一把刀，当着众人的面，从腿上取出一块骨头。从这天开始莫洛卖真正的虎骨酒了，后来他把自己的两条腿都锯了，把虎骨泡进酒里。然而，真正的虎骨酒没有治好一个风湿病患者：他们总是怀疑这虎骨酒还是假的。

连帮莫洛出主意的八哥也不明白：为什么虎骨酒治不好风湿病，而兔骨酒和羊骨酒却能治好?

老虎药店开不下去了。莫洛卷起铺盖，拖着剩下的两条腿，艰难地爬回山林……

神　话

○陈　毓

现在走来的是夸父。颀长、矫健的夸父。她长发、长腿、长手臂。她在大地上疾步如飞，风是她最亲的旅伴。

她的皮肤黑而结实，她颧骨上有太阳的红。她是炎帝族的后裔，幽冥神的孙女。从小获得的教化使她情感单纯，爱得无保留，恨得不顾忌，欢喜与悲伤都如无云的天空一般真纯坦荡。

夸父和她的族人住在荒寒之地，恶劣的环境检验着生命的坚韧。她眼见着族人用药酒和冰水给初生儿沐浴，在这冰与火的考验中，体弱者在第一关就被拒于生门外，活下来的孩子生命强韧如淬火的钢，足以抵挡明天的磨难。

因为寒冷，他们生来崇拜太阳。他们寡言，却喜欢用歌声表达内心。所以夸父族人的嘴唇唱歌多于他们说话。往往歌者听见自己的歌声被荒野回应，不觉陷入长久的冥想。

夸父在这样的群体里慢慢长大。

现在她是美少女了。她喜欢奔走，似乎她热切的情感只有在如风的行走中才能释放，似乎只有奔走，才能叫她体验到内心像风一样的快意与自由。

这不，长发飘扬的夸父迎面走来了。你看她长腿、长臂，她投在大地上的影子也是颀长美丽的。她耳朵上有两条黄蛇当耳环，双腕上套两条黄蛇当手镯。蛇身上的金环反射着太阳光，那光又照亮夸父的脸。她的脸，那么美丽、生动、妖冶。

你看，万物仰首，是太阳来了。其实最早感受到太阳的是夸父美丽的大眼睛，但夸父看不见自己的眼睛，她只看见她手臂上的黄蛇，一点点亮丽起来，那明亮会使看它的人惊讶与快乐。它总是用惊人的妖艳迎接太阳。耳边黄蛇晃荡出的光晕使夸父脸上的太阳色又深了一层。她知道，太阳来了，她的太阳来了。

从春天开始，夸父就和太阳在一起了，他们在沼泽边的矮树林中相遇，那时夸父刚刚在林中发现了一眼温泉，她在里面沐浴、游憩。等她光艳地从水中站起时，她身上的晶莹水珠先自预报了太阳的到来。在巨大的照亮整个天空的光明中，夸父整个跌进泉水中，泉水因为太阳的入住而像水晶一样光明通透，又像沸了似的高高地激荡而起。如果有人目睹了这场爱恋，可能会用惊天动地来给以形容。

这是夸父的春天。泉边苍朴的桃树在春风里脱胎换骨，大地弥漫着桃花的香气。东山周围荒芜千里，唯有夸父栖息的东山之巅，是大漠中的绿洲。

在与太阳相处的日子，太阳温暖了夸父，照亮了夸父，她依赖他的温暖馈赠。但太阳总要在路上，总渴望把他的光热洒向世间万物，他说那是他的事业，是他看做和生命一样重要的事情。他一年只能对她亲近一次，剩下的日子，夸父只有别离和等待。这是夸父不能忍受的，她渴望随时沐浴在太阳的光焰与温暖中，她爱他，爱他赠给她的太阳红。她不知道，虽然她离不开太阳，但太阳可以离开她，他们的爱是不等量的。

她要追随太阳。她只能追赶。她用尽一个女子所有的执著与阴柔，以及隐约的反叛，追赶太阳。那是她的生命，是她的全部。她不明白天为什么要黑，现在，没有什么比黑暗更使她无法忍受。没有太阳的日子，活着比死去更为不堪。她只能往前赶，往前，就有她的温暖，她的光明。她有时候觉得离太阳很近了，近到她伸出手臂就能碰触到的距离，但是眼前突然黑了。黑暗使恐惧、寒冷、绝望严实地罩住她。

她取火取暖，在取火的过程里她流失了水，焦渴催逼着她，她喝干了一条河，又喝干了一条河。可清凉的河水无济于她的焦渴。巨大的恐惧袭来，她呼唤太阳，向太阳求救。她的呼唤从她无汁的嗓子里冒出来，像烟一般无力飘散。绝望中，她看见太阳的金斗篷在大泽边一闪，她看见大泽发出幸福的战栗，把太阳卷进泽的激情里。黑暗严丝合缝，只有风从旷野深处走过，发出深沉的叹息。她喝下的那些水变成了眼泪，眼泪流成了河。这个从来不知疲惫的女子疲惫了，她的头在黑暗中无力地低垂，她匍匐在地，她的长睫毛如两道栅栏，锁住她眼里最后的不堪。

她耳朵上的黄蛇手臂上的黄蛇脱落下来，钻进泥土里去了，她芬芳的桃木手杖压在她的身子底下，夸父无声，她死了。

后来有人路过这里，看见托举过夸父身体的那片土地长出了茂密的桃林，绵延几千里。每当春天到来，桃花盛开，那场面，真是壮观无比啊。

神行太保

○杨　早

叶禄的故事，是我父亲在中秋赏月闲话时告诉我的。

之前呢？祖父在大明湖畔喝茶时说给父亲的。

再之前呢？曾祖父在京师候补时修书告诉曾祖母，曾祖母在灯下缝衣时告诉祖父的。

再再之前呢？曾祖父听叶禄本人讲的。

叶禄是先曾祖闻进公的仆人，善走，据说一昼夜间，能跑五百里，抵得了一匹传驿的快马！有人从《水浒传》上给他找了个外号……

我知道我知道，神行太保。我插言道。

不对，他叫“活戴宗”。

他年轻的时候，好与人赌赛跑。当然四乡八镇没人跑得过他。一般都是牵骡子，甚至马，跟他赛。初时一定是牲口遥遥领先，叶禄在后面慢慢遛，一眨眼，他就加速了，看过的人说，双脚几乎不挨地，一条辫子像箭一样笔直向后！

后来闻进公进京候补，就带着叶禄。在京候补是个极耗财的勾当，坐吃山空不说，吏部里还得不时打点打点，朋友同乡间的应酬聚会，也未可免。叶禄每年年关前回一趟老家，带平安家信，给老太太请安，顺便将次年的使费带回京师。

咱们这里离京师，足足有一千二百多里，叶禄每次只消七日，往返，从未误过事。

只有那年，叶禄回乡时，恰逢大小姐出阁，举家连日欢庆，赏了下人十二坛老酒。叶禄与园公老王、门房小王父子共饮，喝得大醉。次日起身已是下午，叶禄知道迟了，取了银子赶紧上路。这一来，头一夜便错过了宿头，叶禄一向忠心，打量主子在京等钱使，爽性连夜赶道。

不料郑洼一带，人烟稀少，偏有一种营生，称为“打短棍”，专在道旁伺候来往客商。叶禄还没走到二更，突然当头飞来一棒，眼前一黑，人事不省。

待得他悠悠醒来，包袱当然没有了，连身上的短袄都被人剥了去。一摸头，满头是血。站起来，就着月光四下一望，一条大道，别无岔路。可是，这歹人他是往北走的，还是从南来的？

叶禄直扑向北，一气奔出五六里地，鬼影都不见一个。拧转身，向南跑，跑回原处，再往南，跑了八里，影影绰绰看见有人扛着棍子在前面走，叶禄高呼：“还我行李！”

那人扭头一看，拔腿就跑。那也算是个跑得快的，可他怎会是叶禄的对手？叶禄迈开脚步，跟在打棍的后面。打棍的跑了一气，回头看叶禄还跟着，妈的让你跟！提起棍子回身要打叶禄，叶禄马上回转身逃。打棍的哪追得上他？只得收手再往南跑，叶禄又返身跟着他。

就这样，敌进我退，敌退我进，两人在大道上磨了将近两个更次。打棍的烦了：“还你！”把包袱、短袄劈面扔去。叶禄接了过来，披上袄，背上包袱，仍然跟着打棍的。

打棍的都快累趴下了，有心甩掉他，却哪里甩得掉？耳听得远处村落已有鸡叫声，星星也纷纷向天边滑落。索性回身站住，大声问叶禄：“壮士，行李还你了，苦苦相逼做甚？”

叶禄也站住了，拱手行个礼：“咱哥儿俩跑了整整一夜啦，不打不相识的交情，总得看个真相儿，去你家坐坐吧。”

“去你的，没听说过被劫的去劫道的家登门的!”

“不去吗？不去我可喊了!”

“莫喊莫喊!”没奈何，打棍的头前带路，斜刺里走了四五里，来到一座村庄，此时天已大亮。打棍的把叶禄让到一家门首里。

叶禄在堂屋里坐了两盏茶工夫，出来一位老者。老头儿很客气，急趋上前一拱手：“壮士，老夫姓段，夜间小犬多有冲撞，莫怪莫怪!”

两人坐下来，说一些沿途见闻，奇事怪谈。快中午，摆上饭来，叶禄吃饱喝足，告辞。

打那以后，叶禄每次往返京师，都到段老儿家中看看，带点儿土产，捎点儿洋货。两家很要好，段老儿的两个孙子，还拜了叶禄做干爹。

故事讲完了，我也困了。保保来带我进屋睡觉。临走我还问父亲：“叶禄跑那么快，他的腿长啥样?”

父亲笑了：“这问题我听故事时也问了，祖父是见过叶禄的，他说，叶禄的腿，小腿比一般人长，肉结实得铁一般，密密麻麻长着黑毛，一根二三寸，卷成一个个小球。”

巢　谷

〇申　平

巢谷打定主意，要徒步去岭南看望苏氏兄弟。眉山人都以为这老头儿疯了。

在眉山人的眼中，巢谷本来就是个蠢人。你说他，年轻时进京赶考，结果在路边看到了练武的，他就去跟人家练武，把考试的事情抛到脑后去了。及至练武有成，又无用武之地，只好跑到边疆去投军。好不容易有一个叫韩存宝的将军赏识他，让他做个幕僚，没想到韩存宝很快获罪。韩存宝被捕前，托他把一笔银钱带给妻儿，他就冒着风险去了。费了很大周折才找到人家，结果他自己却成了乞丐，一路要饭才回到眉山。如今他都七十多岁了，还要靠教书为生。现在谁都知道苏氏兄弟遭贬，避之犹恐不及，但这老头儿却说要去看望他们，这不是自找倒霉吗！

就有乡人来劝巢谷。他们看见巢谷的老伴儿正在家里伤心地哭，但是巢谷不理，照样在收拾东西。他还训斥老伴儿："哭什么哭，谁都不相信我能走到岭南，我就是要走给他们看看！苏氏兄弟正在受难，家乡没个人去看他们怎么行呢？人为什么要那么势利眼呢？"

乡邻听他这么说，都转身走了。

第二天，巢谷还真的就上路了。他在明朗的天光之中步伐坚定地向前走去，那股一往无前的劲头，任十头老牛也拉不回来。

巢谷走在路上，才知跋涉的艰难。由四川到岭南，真是万里迢迢。他的两只脚很快起泡、溃烂，每走一步都钻心地痛。但是巢谷仍然咬着牙往前走，一点没有回头的意思。

巢谷往前走着，他找到了一种解除寂寞和痛苦的办法，那就是默念东坡和苏辙的诗词。特别是东坡那首《水调歌头·明月几时有》，巢谷每天都要念上几遍。他一路上都在叹息，东坡为什么会这么有才呢？自己小时经常和苏氏兄弟俩一起玩，而且还比他们大几岁，可是为什么就不能写出这么好的美词佳句呢？他在心里已经计划好了，见了苏氏兄弟，一定要向他们请教，而且一定要求他们兄弟俩为自己写上一首诗或词。那样，就是累死也不枉此行了。

巢谷晓行夜宿，翻山越岭，终于来到了岭南地面。这天他住在了梅州城。此时的巢谷衣衫褴褛，蓬头垢面，双腿浮肿。巢谷决定休整一下，也好整齐一些去见他日思夜想的人。为让对方也有个精神准备，巢谷分别给东坡和苏辙发了信，他在信中说："我万里步行见公，不旬日必见，死无恨矣！"

身在循州的苏辙立刻复信，盛赞巢谷："尔非今世人，古之人也！"苏辙还告诉巢谷，他的哥哥东坡又被朝廷贬去海南了。

巢谷和苏辙见面的场面至今还定格在循州的山水之间，他们相拥而泣，同床而眠，有说不完的心里话。巢谷在苏辙家住了一个多月，这天他说："我该走了。"苏辙还以为他要返回眉山，张罗着给他带的东西，没想到巢谷却说："我是要去海南的呀！没见到东坡，我怎么能回去啊！"苏辙惊讶地打量他，见他体弱多病，老态龙钟，就劝阻他说："去海南路途更险，你还是别去吧。"巢谷却说："我意已决，请不要再劝我。"

苏辙无奈，只得又给了他一些钱做盘缠。

巢谷告别苏辙，再次迎着晨光向前走去。他的背已经驼了，脚有点跛，但他却高昂着头颅往前走。苏辙凝望着他的背影，泪水不由打湿了衣襟。

现在，巢谷不停地念叨着一句话："我一定要见到东坡，一定要见到那个我最崇敬的人。"

但是，当巢谷走到新会的时候，却被一个该死的小偷偷走了盘缠。巢谷一急，就病倒了。有病又无钱治，加之年事已高，巢谷奄奄一息。巢谷在弥留之际，不停念着东坡和苏辙的名字。他死后，有人通知了苏辙。苏辙大哭，为其作《巢谷传》。

身在海南儋州的苏东坡，这天夜里做了一个怪梦，他梦见故人巢谷渡海而来，与他彻夜长谈。东坡醒来，犹自欷歔不已。

绝 影

〇邓洪卫

我是绝影，乃大宛名马，属汗血宝马之极品。何为汗血？跑起来，颈部上方流的汗像鲜血一样鲜艳。何为绝影？跑得快，快得连影子都赶不上。我体形优美，相貌出众，为马中之帅哥。西凉国将我进贡给汉廷，其时相国董卓专权，使者便将我送到相府。我远观董卓，以为是英雄，近瞧，却总是嗅到其身上有污浊之气。自知未遇明主，身心很是不爽，由此头昏脑涨，无精打采。

这一日，相府中来了一位英雄。此人姓曹名操字孟德，特来府中献刀。献刀是假，原是行刺。董卓却浑然不知，问曹操因何来迟。曹操说，我的马老弱，跑不动了。董卓回头对吕布说，西凉进好马，可去挑一骑给孟德。吕布是怀有私心的，他和曹操素有不睦，不想挑好马，将昏昏欲睡的我牵出来。我透着门缝看到了董卓面内而卧，而曹公正暗中抽刀，心中大惊。想到曹公虽能刺死董卓，却不能逃过吕布手腕，便仰天长嘶。这是我到中原的第一声长嘶。曹公听到马嘶，立即跪倒在地，假戏真做，献上七星宝刀，瞒哄过董卓。

曹公不敢久留，告辞出府。本要回家，我却驮着他径直飞出东门。刚出东门不久，吕布纵赤兔马追赶过来。人道是“人中吕布，马中赤兔”。曹公以为今日必死矣。再回头看时，却不见吕布与赤兔，曹公不停地抚着我额，惊道，脚力胜过赤兔，真乃天马也。自来是“红粉赠佳人，骏马识英雄”，我仰天长嘶。曹公虽博学，却不识马语，茫然不知我是何意。我是在欢呼雀跃：绝影幸得明主矣！从此跟随曹公，征讨四方，纵横天下。

奔逃途中，过中牟县，却遇一险。曹公被衙役识破，捕至县衙。县令陈宫见到曹操，与我的心情一样，精神为之一振，自觉遇到明主，欲弃官随曹公一起逃走，起兵讨董。曹公自是高兴。行了三日，到了成皋地方，曹公到其父故友吕伯奢处觅宿，因错听了奴仆的话，误杀了吕氏全家，仓皇出逃，并对陈宫说了一句著名的话：宁教我负天下人，休教天下人负我。曹公的言行惹恼了陈宫，觉得曹公跟董卓乃一条道中人。在旅店投宿时，曹公酣睡，陈宫在院中踱步，忽转身，决心要回屋刺杀曹公。我打了一个响鼻，止住了他。我对曹公是理解的，虽然言行有些极端，但不影响他成就霸业。毕竟他是心怀天下的英雄，怎能用常人的眼光去看待，争一朝一夕之得失？我衔住陈宫的衣巾，使劲摇头。陈宫乃绝顶聪慧之人，明白我的意思，于是独自一人，黯然而去。多年后，曹公在白门楼又见到陈宫。此人误辅吕布，兵败被俘。曹公很想感化他，可陈宫一心向死。曹公无奈，只得将其问斩。如果当初陈宫能理解曹公的误杀，跟随曹公征战，就不会错保吕布，也就不会被曹公所杀。人生有很多偶然，一个偶然可能会改变一生的方向。当然，这些都是后话。那时候，我已在宛城之战中阵亡。

好了，现在，该说说那场惨烈的宛城之战了。曹公征讨张绣，兵不血刃，进了宛城。也就是说，张绣已献城投降了曹公。曹公很高兴，对张绣大为赞赏。张绣也很感激曹公，表示再无反心。本来相安无事，皆大欢喜。可曹公高兴得过头，有点晕乎。夜晚孤独，想找个女人消遣。这也无可厚非。曹公旷世英雄，英雄爱美女。如果他的侄子曹安民找来别的女人也没什么，问题是竟然找来张绣的婶婶邹氏。而且，邹氏很爱慕曹公。最大的问题是，没有不透风的墙，此事被张绣得知。张绣大怒，连夜起兵，攻进了曹营。

彼时，曹公正在营中与邹氏饮酒作乐，全然不知祸事来临。我已嗅到战争的气味，在帐外暴躁不安，可曹公却沉浸于欢乐之中，哪里顾得上我？张绣的兵马四面围住大帐，曹安民才跑进来报信，把曹公扶上马。我奋起四蹄，一连踢倒数名敌军，突围狂奔。而曹安民还没来得及上马，就被张绣一枪挑死了。张绣的人马在我后面死命追赶，边追边射箭。我连中三箭。要是别的马就趴下了，可我是宝马，熬得痛，耐力好，速度依然不减。可就在这时，从左边射来一箭，正中我的眼睛。那真是痛啊，我险些就倒下了。可我稳住精神，仍奋蹄疾驰。那时，我的身上汗血和鲜血一齐流淌，洇红了曹公的衣襟。直至将曹公驮到水河对岸安全地带，我再也无力跑下去，怆然倒地。一时间，水河岸汗血满地。待张绣赶到，曹公已换马逃遁多时。张绣叹道，真乃神马！马尚如此，何况人乎？以为曹公有天神相助，不再追赶。并将曹昂、曹安民、典韦和我都安葬在水河边，且立上碑。我的碑上刻着：天马绝影之墓。

又一年，曹公率军再讨张绣。到了水河边，在四座墓前一一拜祭。先祭典韦，再祭曹昂，再祭曹安民。到我这里，曹公道：若无绝影，我命休矣。我在里面有了感应，一声长嘶，声震天地。曹公对身边的人说：你们听到绝影在呼唤我吗？身边的人都摇头。曹公说：绝影言道，假如还有来生，愿再与我纵横驰骋，成就霸业。话音刚落，坟头上有汗血渗出，洇红了沙丘。

曹公放声大哭。三军怆然。

大义至简

○马　德

春秋时期，西羌积石山有一个人叫左伯桃，闻听楚王招贤纳士，满腹才学而家境贫寒的他想一展抱负，于是去了楚国。

正是隆冬季节，左伯桃走了一天的路，又累又饿。黄昏时分，他敲开了一间茅草屋的门。茅屋主人叫羊角哀，父母早丧，虽家徒四壁，但还是倾尽所有，热情款待了左伯桃。左伯桃感激不尽，二人拜为兄弟，左伯桃年长为兄，羊角哀年幼为弟。交谈中，左伯桃感觉到，羊角哀虽一介寒士，胸中亦藏经天纬地之才，于是劝说羊角哀，一同奔赴楚国，出仕求官。

二人行过岐阳，往前行百里之地，一片蛮荒，少有人烟。又赶上天降大雪，寒风透骨，二人衣服单薄，再加干粮不多，兄弟俩饥寒交迫。左伯桃对羊角哀说，咱兄弟俩若这样走下去，即便冻不死也会饿死，不如把我的衣服以及所有的干粮都给你，你一个人去楚国吧，我实在走不动了。

羊角哀哪里肯依，扶着左伯桃又向前走了十里路。远远看见一棵巨树，巨树已枯，有一树洞，正好容下一人。于是，羊角哀便把左伯桃安顿在树洞里，自己去捡柴火，准备取暖。结果，等他回来，发现左伯桃已浑身赤条条的一丝不挂。羊角哀大骇，惊问兄长为何如此这般。左伯桃说，若不这样，你我都得死在路上。兄弟，你穿着我的衣服，争取活着走出去，去见楚王吧，楚王必定会重用你。

羊角哀正要劝解，见左伯桃神色已变。羊角哀自知于事无补，万般无奈之下，朝左伯桃再拜说，若他日取得微名，弟必当厚葬兄。遂掩面哭泣而去。

见到楚王之后，楚王问策于羊角哀，羊角哀应对如流。楚王大喜，拜羊角哀为中大夫，赐金百斤。羊角哀倒地叩谢，把自己与左伯桃如何结拜，以及路上前前后后发生的事情都奏告了楚王，乞请楚王能允许他回去厚葬兄长。楚王听后，欷歔不已，不仅答应了羊角哀的请求，还给他好多葬资。

羊角哀沿原路返回。左伯桃的死尸犹在树洞，且颜面如生前一般。羊角哀哭罢，内棺外椁，植树建堂，厚葬了左伯桃。

这一夜，羊角哀对灯枯坐，忽觉阴风阵阵，一人影在前，酷似左伯桃。羊角哀惊问兄长为何而来。左伯桃说，我一来谢弟厚葬之恩；二来告诉你，距此墓地不远处，乃荆轲之墓，荆轲每日仗剑骂我，要我迁坟而去。

天亮后，羊角哀打听到，此处果然有荆轲墓地。于是，他直奔荆轲墓，痛骂荆轲。之后，他又束草为人，焚于左伯桃墓前，以助左伯桃。然而，是夜，左伯桃复来，言荆轲人多势众，扬言说，若他再不迁墓，就掘墓取尸，掷于野外。

羊角哀愤怒至极，说，荆轲若再欺凌吾兄，弟当以死相拼。左伯桃说，弟是阳间之人，对方乃是阴间之鬼，阳间人虽有勇烈，然尘世相隔，也无济于事。

左伯桃说罢，一声叹息。

是日，羊角哀便修一道表章给楚王，谢楚王纳士爱贤之恩，无奈不能报此厚遇之德，因兄长在阴间备受欺凌，己所不忍，愿下黄泉助兄一臂之力，以报兄之恩义。

写完，羊角哀掣取佩剑，自刎而死。

这是一则离奇的故事，取自冯梦龙的《喻世明言》，比离奇更耐人寻味的，是两个素昧平生的人，各自为对方而死的意义。

没有人知道，左伯桃在脱下自己的衣服决计给羊角哀的那一刻想了些什么。若阴阳回转，时光倒流，那一刻，他一定是这样想的：无论如何也得让一个人活着出去，不然，两个人都得死。

也没有人知道，羊角哀在抛却富贵、掣剑自刎的那一刻会想些什么。若能切问肺腑，相照肝胆，那一刻，他一定是这样想的：为这样一个人去死，值得。

流浪的人

〇秦德龙

我离开祖国苹果国，流浪在西瓜国的街头。我不知该怎样求助，语言不通。就是想找警察局问路，也摸不着大门朝哪儿开呀。

既然找不到警察，那就让警察来找我吧。

于是，我在马路上制造了一个低级错误。我大胆地横穿马路，将滚滚车流断在了我的面前。

果然，警察从天而降。警察看看我，用苹果国话说："先生，您是从苹果国来的吧？只有你们苹果国人，才会犯这么低级的错误！"

好眼力，警察一眼就辨明了我的国籍。

开过罚单，警察转身而去。我也没必要打扰警察了。真的，警察启发了我。我已经知道怎样在西瓜国找到能够帮助我的人了。也就是说，我只需找到那些去过苹果国的人，这些人将成为我的亲密伙伴。

茫茫人海中，怎样找到那些人呢？何况，西瓜国人都是蓝眼睛、高鼻子，咋看都是鹰模样。

想一想，办法当然会有的。

我站到了一个公共汽车站牌下，有一些西瓜国人在等车。要从他们当中找到去过苹果国的人，我胸有成竹。很快，汽车开过来了，多数乘客按次序上车，可偏偏就有那么两个人，不排队，往上挤。哈哈，就是他俩了，一定是我要找的人！

为了验证我的判断，我也上车了，并注意观察这两个挤车的家伙。他们一胖一瘦。果然，不出所料，这两个家伙一上车就抢座位，坐到了两位老人的前面。没错，他们一定去过我们苹果国!

汽车走了几站，这两个家伙下了车，我也随着下车了。我叫住他们：“哥们儿，你们去过苹果国吧?”

两个家伙点点头，上下打量着我。胖子用苹果国话说：“先生，你怎么知道我们去过苹果国?”

“你们挤公共汽车，上车抢座位，就凭这两条，我断定你们去过苹果国!”

“哈哈，朋友，你猜对了，我们是去过苹果国。”胖子笑了起来，“我们在苹果国生活了两年，慢慢学会了苹果国人的生活方式——变通，一变就通!”

瘦子也笑道：“是的，苹果国人的生活方式，充满了辩证法!”

我也笑了，他们说得很深刻。可见，他们掌握了苹果国人的某些精髓。

胖子和瘦子请我喝了咖啡。我总算在西瓜国有了朋友。我想，按这个思路找下去，我一定会找到更多去过苹果国的朋友。

后来，我在西瓜国的公共场所找到了这样一些朋友：高声喧哗的人、袒胸露背的人、乱丢垃圾的人、随地吐痰的人、撕空白介绍信的人、乱开发票的人、贴小广告的人、办假证的人……这些人都去过苹果国，都有在苹果国生活半年以上的经历。没错，他们听说我来自苹果国，很快就成了我的朋友。我在西瓜国得到了他们的热心帮助，简单而快乐地生活着。

在胖子的倡导下，这些去过苹果国的人成立了一个联谊会，并拥戴我为名誉会长。是的，我理解他们的心情，他们喜欢苹果国，喜欢苹果国的生活方式。他们说，苹果国人不拘小节，让人感到幸福、快乐和自由!

作为名誉会长，我会经常给这些西瓜国的朋友上课。每当上课的时候，我总要温文尔雅地告诉他们，应该遵守交通规则、上车要给老弱病残让座、不要加塞、公共场所不要喧哗……这些西瓜国朋友听我讲这些，总要哈哈大笑。他们用怪异的目光看着我，仿佛我是个不可思议的人。有一次，他们和我展开了激烈的辩论。胖子瞪着我说：“先生，这些缺点，都是我们在贵国学到的。请你不要忘记，你正是利用这些缺点，才找到了我们这些朋友的！”

我板着脸说：“没错。但我现在就是想帮你们洗澡，洗去你们从苹果国带回来的灰尘。”

“你真是可爱！”胖子嘲笑着我，然后打了个呼哨。其他人也跟着起哄，将我赶下了讲台。

没办法，我去了另一个国家。

身处异国，举目无亲。我只好故技重演，寻找那些去过苹果国的人。是的，很快，我就找到了这样的人，并和他们交上了朋友。

以后，我到过许多国家。即便语言不通，只要我站在大街上，一眼就能认出谁去过苹果国。

许多年后，我回到亲爱的苹果国，惊奇地发现，人人谦和有礼，处处鸟语花香。我选择了在国内定居，而不再去世界各地流浪。有时候，我会想起那些可爱的异国人，他们总那么轻易地将我们的缺点发扬光大，真是让我感慨。

双 灯

○王海椿

定陶县有对叫冯响、冯喜的兄弟，爹娘死得早，无依无靠，才十几岁，就靠跟爹爹学的铁匠手艺，打铁为生。

兄弟俩虽然体小力弱，但做起活儿来丝毫不马虎，打出的铁器结实耐用，四周的乡邻都喜欢来买他们的农具。兄弟俩老实厚道，常把农具以很便宜的价格卖给乡邻，因此日子并不殷实，也就是勉强糊口而已。

兄弟俩每天天不亮就起床，引火生炉，叮叮当当的打铁声传得很远。打铁是重体力活儿，一天下来，兄弟俩累得精疲力竭，常是吃了简单的晚餐就睡觉了。

这天兄弟俩正在打铁，来了两个少年，一男一女，男儿眉目秀朗，女子漂亮乖巧，皮肤都很白皙，看上去像是兄妹俩。两人说是来打一把鱼叉，用手比画着鱼叉的形状，似乎他们要的鱼叉很小，只有小手掌那么大。

兄弟俩就按他们比画的样子打了一把小鱼叉。

两日后，一男一女两少年来取了鱼叉，左看右看，一副爱不释手的样子，都夸鱼叉打得好。付了钱，谢过铁匠兄弟，就走了。

这天晚上，兄弟俩正准备休息，听到门外似乎有脚步声，窗口还有灯光透进，果然有人敲门。开门一看，原来是白天来打鱼叉的两个少年，一人提着一盏灯笼。男的说，他们是兄妹俩，住在芦苇荡那边的一个村，全村就一户人家，没有邻居，晚上孤寂，来此串门，问兄弟俩可欢迎。

冯响冯喜都是憨厚人，忙不迭请他们屋里坐。四个少年就聊起天儿来。原来这兄妹俩，哥哥叫阿盏，妹妹叫阿荧，也都父母早亡，兄妹俩相依为命。两对苦孩子真是惺惺相惜，聊到动情处不禁伤心垂泪。

聊至夜半，几个人都感到肚子饿了。阿盏说，我去弄点吃的来。

阿盏出去须臾，就回来了，提着个篮子，有酒有菜。放到桌上，冯响冯喜一看，都是些没见过的菜，也叫不出名字，但都很好吃。

不觉已至深夜，兄妹俩提着灯笼出门，冯响冯喜看着两点橘红的灯光消失在夜色里，渐至芦苇荡那边不见了。

第二天起来打铁，冯响兄弟俩奇怪的是，尽管昨天到深夜才睡，早晨起来却神清气爽，一点也不觉得累。拉着风箱跟没用力似的，风却呼呼地响，炉火很旺。抡起锤子也轻松了许多，感觉不出往日的沉重。

这以后的晚上，阿盏阿荧兄妹俩就常来串门，带酒菜来和他们喝酒。有一次，冯喜让阿盏和阿荧猜灯谜，说是“和尚头，尼姑脚”，打一物。阿盏和阿荧猜了半天没猜出来，冯喜写在纸上：“河上头，泥固脚”，不是“桥”吗？就笑他们笨。可是他们兄弟和他们兄妹下棋，常常输。有一次冯喜终于发现了秘密，原来是阿荧偷了棋子。冯喜就捉住阿荧的手，嚷着要打她，说她耍赖。

屋子里响着四个少年的笑声。有阿盏阿荧兄妹俩陪着，冯响和冯喜整天都喜笑颜开的，打起铁来也格外有精神。这样不觉过了一年多，四个人情同手足，彼此难分。

一天，阿盏阿荧又来玩，喝了一会儿酒。阿盏突然对冯响冯喜说，我们要走了。亲戚要接我们到南方去住。说完，眼圈都红了。兄弟俩送他们，他们依然不让远送。阿盏转身说：“我和阿荧会来看你们的。”兄弟俩只好目送他们远去，只见两盏灯火消失在芦苇深处。

第二天晚上，冯响兄弟俩怎么也睡不着。突然见窗外有灯光闪亮，以为又是阿盏他们来了，开门一看，却是两只萤火虫绕着他们的房子飞舞。

第三日晚上，那两只萤火虫又飞来了。兄弟俩都觉得奇怪。这天，便关了打铁铺，决定到村子远处的芦苇荡那边找到阿盏阿荧家去看看，可不见一户人家。更远处有个村子，他们都说没有听说过阿盏阿荧。问起那片芦苇，都说那是一片野苇荡，没见住过人家。以前晚上常见有好多萤火虫在飞，但突然有一天，一点萤火也不见了。

冯响和冯喜一算，正是阿盏阿荧和他们告别的第二天晚上。

兄弟俩只好失望而回。

奇异的是这两只萤火虫每天晚上都来，冬天也是如此。

求 佛

○杨海林

一个人去求佛。

他不知道佛住在哪里，长得又是什么样子。但他还是虔诚地从家里出发了，走一步，给佛磕一个头。

后来，佛知道了这个人，佛来看这个人了。

佛把自己变得很高很大，佛对那个人说，你可以摸摸我的脚指头。

那个人踮起脚，才能够得着佛的脚指头。

当然，这个人只是在心里比画了一下而已，他没有摸佛的脚指头。他扑通一声跪下来了。

你是个好人。佛说，可是你这么老远跑来寻我，到底想得到什么呢？

我想要好的生活。那个人说。

好吧，你回去吧，你会有好的生活。

那个人刚走了几步又回转身：你真的会给我好的生活吗？

佛笑笑，说，我会的，难道你还信不过我吗？

这个人只好又回转身，往家里走。

这个人很穷，可是他在路上捡了一坨金子。

你猜对了，这是佛给他的礼物。

这个人也猜出是佛给他的礼物，就把它揣进怀里。

有了钱，这个人娶了一个漂亮的媳妇儿。媳妇儿给他生了一个聪明的儿子。他的儿子考取了功名，在朝廷里做了很大的一个官。

这个人又去求佛。他知道佛住在哪里，长什么样。走一步，给佛磕一个头。

佛很为难，说你看，你这一生能得到的，我都给你了呀。你还来求我干什么呢？

这个人说，可是我也给你东西了呀。我现在想把当初给你的东西讨回来。

佛就笑了，你给了我什么呢？

我给了你安排我这一生的权利，从我捡到那坨金子开始我就后悔了，我明白我会毫无悬念地在你的安排下生活一辈子。

可是你不觉得你比别人少受许多罪吗？

也许是这样，可是我越来越觉得你给我的不是我想要的生活。

可是你当初想要的好生活就是这样的呀。

佛这回没有变高变大，佛说，你摸摸我的额头吧。

这个人犹豫了一下，伸出了他的手。

佛的额头很暖和。佛说你看，你都能够着我的额头，我其实并不比你高多少。你回去吧。

这个人就回去了。在路上，这个人捡了一把锤子。

什么意思呢？这个人不明白佛的意图。他揣着锤子回家了。

家里，什么都没有了，这个人还是原来的穷光蛋。这个人握着那把锤子做了鞋匠。

有一回，这个人坐在马扎子上给人钉鞋掌，钉着钉着，这个人就高大起来。

这个人，也成了佛。

也有人来求他了。虔诚地从家里出发，走一步，给他磕一个头。

你想要什么呢？

我想要好的生活。

那你回去吧。

求他的人，在回去的路上捡到一把锤子。

有没有搞错呀，给我一把锤子，难道我想要的生活就是当一个鞋匠？求他的人愤愤地想。

这个人现在已经成了佛，有了佛的智慧。

他说，我给他那把锤子真的是希望他做个鞋匠，做一个蹩脚的鞋匠。

每天，这把锤子都会锤着他的手。锤着手，肯定会很疼。一疼，他就会想起他想要的好的生活。

人，他的幸福不是得到了好的生活，而是对好的生活充满渴望。

象鼻子小孩

〇歪　竹

今早起来，我发现自己成了象鼻子小孩。照了一下镜子，哇，怪模怪样的，我吓得差点昏过去了。这是什么原因呢？没什么意外啊，一切都跟平时一样，只是昨晚翻来覆去睡不着。

我还只有十岁，身高还只有三尺，我的鼻子却足有五寸长了，像一根柔软的水管，垂到了下颚。我的鼻子比身体长得快多了，我的个子要是也长得这么快就好了，我想。

大人们会认为我是怪物的，小朋友们再不会和我玩耍的。我不敢出门，也好，不需要爸妈关我了，我会自觉地待在家里。

我们租住在郊区的一座面包房旁，爸妈说这里的房租只要市区的三分之一。平时，爸妈开着出租车出去了，把我一个人留在家里，警告说不准到外面去玩。我就一个人待在家里，每天都要写大堆大堆的作业。我要做一个听话的孩子，写得实在疲劳了倚在临街的窗前，张开双臂，想象自己是一只鸟儿，从窗台上飞下去。

面包房像一位楚楚动人的贵妇，挺胸翘臀地仰望着来来往往的人群，她的目光只追随着那些油腻的钞票，根本没有注意到隔壁的我，一个衣服陈旧满脸污垢眼睛出神地望着她的象鼻子小男孩。窗外有太多的车子，有太多的人，有太多的物质，我只是出神地望着。

其实，我什么也没看，我只是在想老家的亲人。爷爷奶奶在遥远的家乡不停地喊我，我好像听到了爷爷的咳嗽、奶奶的呻吟。他们一生多病，爸妈就是想为爷爷奶奶治病才进城开出租车的。我好像还听到，外婆家的表弟“狗崽子”也总是在“吠”个不停。

爸妈的工作是没有规律的，常常不能按时回家做饭，我的肚子总是唱着“空城计”。

这时，面包房又总是有面包的香气传来。我要做一个乖孩子，我不馋，爸爸曾经给我讲过一个饿死不吃别人东西的故事。

我关紧窗，可那面包香还是能够漫进来，真有点烦人。

我使劲往外吹气，想把面包香吹出去，可那香气还是留在房里，像《西游记》里的妖气，真有点恼人。

我不断地挥掌驱赶，我把面包香当做一个坏人驱赶，可他就是要待到我的房里，一副死皮赖脸的样子，真有点气人。

就这样，我的脑子里执拗地飘进了一股面包香。我摇了摇头，又摇了摇头，那香味竟挥之不去，我陷入了莫名其妙的苦恼之中。

这种苦恼使我的嗅觉增强了一万倍。我闭上嘴，凭鼻子做一个深呼吸，竟能将面包房的香气全部吸过来，卷起一股强烈的香风。

有一次，爸妈回来，闻到香气，说：“哪里来的香气，这么香。”我就说：“是我的鼻子从面包房吸过来的，你们看我的鼻子都长长了。”

我爸妈太忙了，他们这才意识到隔壁是面包房，我的鼻子长得有点像大象了。他们没有文化，却看破了很多世事，见过很多意外，对我的象鼻子也没有大吃一惊，只是从目光中透露出一丝不易察觉的忧伤。

爸爸说：“过一段时间，有钱了，给你爷爷奶奶治病时，顺便带你去割了。”

我说：“不，爸爸，我怕疼。”

妈妈说：“儿子，可能是你闻香气的缘故，从今天开始不要吸了，好吗？”

我说："好，本来我也不想吸的，是那该死的香气硬要钻进鼻子来的。"说完，我摸了摸长鼻子，问妈妈，"面包房里那个孩子，他天天闻香，怎么鼻子没长长?"

妈妈说："香气对他已构不成刺激。"

我似懂非懂地点点头。我好奇地看着爸爸妈妈。爸爸妈妈痴痴地看着我。

我要懂事，我要装作什么事也没发生，我一如既往地待在房里写作业，只是没去上学了。这样的鼻子谁敢出去见人呢?

我真的想读书，我想读很多很多的书，将来赚很多很多的钱，不要爸爸妈妈这样劳累，还要治好爷爷奶奶的病。可我这个样子，不能到学校上学，就只好在家里自学了。

时间在不知不觉中流逝。我的鼻子却在清清楚楚中长长。

我鼻子的长长不是渐进的，而是突进的。刚才一股面包香气吹来，鼻子又长了一点：这根鼻管已垂到了腹部，足有手臂长了。这太丑了，我想哭，又没哭。我要做一个坚强的孩子啊。

现在，我的嗅觉进一步加强，我已能闻到远处的面包香了。整个城市，哪个位置有面包房，我从没出门，在家里却一清二楚。当然，我说不出地名，只能说出是多远多远的地方。爸妈不信，开车去看，果然如此。爸妈有点儿高兴，逢人就说我的这项奇异功能，希望人们因此能接受我。不然，爸妈也不能接受我了。

我暗自伤神，常常一个人独自流泪，自言自语。我真希望这个长鼻子突然消失。

可是，我的鼻子还在长，说不定还没有极限呢。

又一股面包香气吹来，我的鼻子又长了一点，鼻管已垂到鞋子上了。这时我能闻到上海的面包香，还能闻到印度洋上飘来的面包香、太平洋上飘来的面包香，以及大西洋上飘来的面包香。

由此，我一举成名。远远近近的人都来看我，都来问我。中外记者也都来采访我。我说，这是一种病吗？他们说，可能是病，也可能不是病。

其中“寻情记”的记者主动要带我去看医生。我看遍了中国和外国的医学专家，他们都不知道鼻子长长的原因，也没有治疗鼻子的方法。

爸爸妈妈对我绝望了。我不知道他们为何对我绝望。其实我也不想要这个鼻子，我恨不得钻到地里去，从地面上消失。

最后，我的鼻子长到了三尺长，已超过了我的身高，拖到了地上，我就把鼻管缠在腰上。我被爸爸妈妈从出租房里赶出来，只得沿街乞讨。我把乞讨的碗放在鼻管的尖上，三尺长的鼻子将碗高高举起，伸向行人。

人们见到我就跑，哪里还敢施舍什么呢。

九尾狐

○吴卫华

一个长眉细目眼光媚人看起来狐气很重的女子，总会让人感到诧异和难以应付，既受惑于她的引诱又不敢过于和她亲近。六儿就是这样的一个女子。

在我们村外有一座高大的古墓，古墓四周灌木丛生，小时和六儿到村外捉迷藏，每到了古墓那儿就会找不到六儿的身影，绕古墓找着找着就发现墓上有一个海碗口大小的洞掩在草丛里，就疑心六儿缩身钻进了那个幽暗神秘的洞里，这样想着心里就紧张，向着洞喊一声："六儿，你再不出来，我可就走了。"六儿就会在我的诧异中嘻嘻笑着从古墓后面走出来。

六儿长到十七岁神态就狐媚起来。六儿的狐媚决非后天学来的，她的狐媚简直与生俱来，只不过在十七岁时强烈地表现出来罢了。其实六儿狐媚就狐媚在脸蛋儿和腰身上，长就了那么一副狐媚样，想不狐媚都不行。有一个相面的曾给六儿相过面，当时虽然没说什么，事后却传出六儿是九尾狐投胎的怪诞说法。九尾狐是我们那带广泛流传的一种极灵异的野狐，善媚善变善蛊，带有浓郁的邪祟气，据说村外的那个古墓里就有九尾狐。

六儿十八岁那年，我十九岁，已完全是一个男子汉了，对别的女孩子已经有了爱慕追逐的行动，唯独对六儿不敢有一丝的轻举妄动，因为自小觉得六儿诡谲阴柔不同寻常。

六儿对她自己无意中表现出的媚态，极少自觉，她有一个经典的动作，那就是右手纤指轻绕一缕秀发，巧翘兰花指，一双美目狐狐地盯着你。当然，六儿也不是媚态滥施，她只是对她喜欢的人才如此。我不知道六儿喜欢不喜欢我，但六儿那个极媚人的神态是经常在我面前表现出来的。我却一直对六儿保持着一种敬而远之的态度，我实在没办法和她亲近，我娘一直告诫我说六儿是九尾狐转世，谁和她亲近谁倒霉。其实我好想和六儿亲近，有时我真的抵制不了六儿那种看我的神态。

我十九岁时的那个秋天，村外的野枸杞棵上红灿灿地挂满了枸杞子。枸杞子是种名贵的药材，采摘后晒干卖给中药铺，是项不菲的收入。先是我一人在那片杂树丛生的灌木里采摘着一粒粒红艳欲滴的枸杞子，后来听得附近有响动，看过去，竟是六儿，不知何时她也钻进了这密密匝匝的灌木丛里。六儿手里提着小竹篮，看样子也是来采摘枸杞子的。六儿微笑地看着我，可看着看着，她那个经典的媚人神态就出来了。我不由心慌意乱了，接着就浑身燥热起来。不知是她移向了我，还是我走近了她，我晕晕乎乎低下头贴住她的双唇。六儿两目溢辉双唇温软，我心里却不合时宜地轰然响了一下：九尾狐转世！激情骤降，顿觉手足无措，只有狼狈分开灌木丛跑了出去。记得六儿好像两眼涌出泪水呆立在原地。

不久，村里就传出了六儿和一个男青年好的消息，我也多次看到六儿和那个青年亲热的样子。看六儿那样在我面前招摇她的爱情，我心里有种酸涩涩愤恨恨的不平，不过想到六儿是九尾狐转世，倒也能平静看待他们了。六儿对我的平静却显出了少有的羞恼，每次见了我，眼光都幽恨恨的，让我感到阴冷。

紧接着就发生了一件好像在村人意料中的事：六儿突然和那个男青年绝交，男青年受不了打击上吊死了，男青年的家人将尸体抬到六儿家闹事。六儿在村人的唾骂和侧目中溜出来找到我，那时我正站在村外替六儿发愁如何解决这人命大事。

六儿忽然出现在我面前，幽恨恨地盯着我：“别人不理解我的心思倒也罢了，可你不理解我的心思，让我好恨啊！”我茫然，不知怎地竟说出：“好好的你怎么忍心害死他。”六儿一下竖起了细长的眉毛，连眼也立了起来：“我本想让你嫉妒，哪知你根本不在乎我。我恨你，是你毁了我！”说完她一甩手狠狠打了我一耳光。我给打傻眼了。六儿大哭着跑走，自此再无影踪……

那一年，我最怕听旁人在我耳边提起六儿，只要听到这个名字，我就会觉得脸颊热辣辣的疼心儿颤颤的抖。那一年，我真的希望六儿是九尾狐转世，好给我一次补过的机会。据说九尾狐是不死的。

白狐奇书

○余显斌

白狐岭，树木丛杂，山崖陡峭，掩映在白云深处。人说，这儿有一只白狐，修炼千年，得道成人，以物祭求，有求必应，很是灵验。

一日黄昏，有一个书生进山，青袍一袭，破书一箱，借住在山里一座破旧的道观里。日日苦读，夜夜吟诗，以备来年参加科举考试。

一夜，烂漫月光，铺了一地；天地如洗，空明如霜。书生漫步月下，仰头看天，天蓝如海，月明如珠。凉风吹衣，触体生寒，不由信口自吟："绿草已结籽，山花又飘零。岁月如水过，可怜双鬓影。"

吟罢长叹，顾影徘徊。忽听身后有言："书生月下低吟，凄婉哀怨，为何事如此伤心?"

书生回头，只见月下一人，白衣如雪，长须随风，忙长揖道："小生落魄潦倒，心志难伸，故而叹息，不想打扰老先生月夜清游，实在抱歉。"

老人微笑，说："我暗观书生多时了，不就是科举之事嘛，此乃易事。我当助君一臂之力。"言罢，袖出一卷，说："熟读此卷，来年大比，自能金榜题名，腰金怀玉。"说完，化做一缕清风，不知去向。月夜，依然清亮如水。

书生站在月下，呆呆的，突然醒悟，知道遇上白狐，不由欣喜若狂，忙对天长揖道："得大仙如此厚恩，不知何以为报?"

空中隐隐传来一笑："书生若有报答之心，他日可为我立一祠庙，日奉一鸡足矣。”

第二天，书生下山，每日研习白衣老人赠书。第二年科举考试，书生独占鳌头，点了状元。身着绣袍，头戴纱帽，跨马游街，轰动整个京城。

陛见之后，书生第一件事就是请假归山，修建白狐祠，并聘一庙祝，立下庙规，每日，必祭狐仙一只活鸡。

又是一个明月如霜的夜晚，书生葛衣芒鞋，漫步月下，频频长叹。恍恍惚惚中，月下人影一闪，犹如坠叶，老人白衣白须，端立月下：“少年已春风得意，独占鳌头，长叹又是为何?”

书生说：“不做官时想做官；做了官，身处下品，大是无趣。”

老人笑道：“何不做个人上人?”

书生叹息：“说说容易，可没钱没权，没有后台，要做起来实在不易。”

老人说：“不难不难，见你对我知恩图报，我送你一本《升官厚黑学》，专讲升官诀窍。你如想升官，可熟读此书，不怕做不到卿相。”言罢，放下一书，飘然离去。

书生得此妙书，喜不自胜。

书生按书中所讲，排挤、陷害、打击、报复、行贿受贿，无所不为。十余年来，春风得意，仕途通达，一直做到宰相，富甲天下，威震四方，小妾就有二十八人之多。

一日，摆脱妻妾的纠缠，书生又一次轻车快马，归山而去。是夜，月光朗朗，如十几年前一样洁净。又一次，书生徘徊林下，拈须叹息，不能自已。

月光下，白衣老人又一次飘然而至，笑问何事，让宰相大人如此忧愁。

书生朗朗大笑：“若非如此，怎能骗得老先生出来相见。”然后，无限感慨地道：“若不是老先生相助，至今我还是山中一布衣呢。”说完，泪光莹然，十分感激："今晚略备薄酒，月下共饮，以表心意，务请老先生赏光。"

盛情难却，老人呵呵一笑，欣然入座。

山月如烛。白狐祠前，一桌一壶，几碟菜肴。书生一揖，力邀白衣老人上座。白衣老人略做谦让，便坐到上位。书生侧坐相陪。

为答谢老人，书生捧壶，连敬白衣老人几大杯酒。老人推却不过，饮毕，脸色大变，口角溢血，踉踉跄跄站起，戟指书生道："刚才，你究竟给我喝的什么东西?"

书生哈哈大笑："毒酒——鹤顶红！你所给的《升官厚黑学》最后一章所教。是的，我做了官。可你知道吗？做了宰相之后，我心里没一天安宁。我时时担心，如果你再如帮助我一样去帮助他人，我的高位还能坐得稳吗?"

老人惨笑："人心叵测。都怪我瞎了眼，贪图你一点祭物。活该！活该！只是，我死了，你就能逃过祸患吗?"

"怕什么？我执掌朝政大权，谁敢奈我何？谁又能奈得我何?"

"你真的一点儿也不担心吗？你真的夜里没做过噩梦吗?"

"你——！"

"知道吗？我还藏有一本《避祸厚黑学》，准备送你。哈哈，哈哈——"老人拿出一书，随手一挥，化为灰烬，"嘎嘎"大笑，如夜号叫。慢慢倒地，化做一只白狐，气息全无。

书生站在那儿，望着白狐尸体，脸上白一阵红一阵，红一阵白一阵，然后哈哈一笑，声震山野，吓得满林子的夜鸟飞起，绕树啼鸣。书生踢踢白狐，哼一声，拂袖而去。

几年后，书生恶贯满盈，被押上刑场。临刑前，喃喃自叹："白狐岭，《避祸厚黑学》！唉——"

一句话，吸引来无数竖起的耳朵。第二天，白狐岭上，官员如潮而来，人人挥汗，个个弓腰，满山搜寻。

墙壁上的微笑

○张玉玲

一只手柔柔地抚过我的身体，我知道是她来了，我嗅到了她身上淡淡的香味。我摆动着身姿在心里说，知道你会来，我一直都知道。

第一次看到她时，她正挎着相机带着几名小学生走过这林间。她是从上海来山区小学支教的一名老师，也是一位热爱生活的植物学研究者。那天，她带着学生来采集植物标本。当经过我身旁时，她用惊讶的眼神看了我许久，然后举起相机对着我按动了快门。那时候我就知道我们之间会发生点儿什么。果然，那之后，她每天都要来看我。她波浪一样的长发总是用一条淡蓝色的丝带束在脑后。她走到我的身边，打开一个黑色的肩包，从里面拿出各种仪器，有的悬在空中，有的插入土壤里，然后在一个淡粉色的硬皮本上认真地记着。我看到她额头上挂满了细密的汗珠。

每当她来时，我便和身旁的伙伴舞在风里，舞出了一串笑声，舞得空气中都是淡淡的香气。她深深地吸一口气微笑着，却掩饰不住眼睛里的一丝隐忧。

随着时间的推移，我头顶高大的树木在渐渐地减少，这使周围的空气越来越干燥，干热的风总会让我呼吸困难。对于只能生活在温暖湿润的地方且不能承受全光照的我来说，是致命的威胁。她总会提来一只红色的小桶，把桶中的水均匀地洒在我的周围，瞬间，我便感觉浑身透着清爽。

久旱后终于等来了一场雨。风雨中，她打着一把粉色的伞，淡蓝色的丝带束着的长发随着白色风衣的衣袂摇曳在我的面前。好美！我说。但我分明听到她也在说，好美！我看到她眸子里有光，碎玉一样洒在我的身上。

我周围积了大量的雨水。她抬头看看灰蒙蒙的天空，眼中透着焦急。雨没有停的意思，而过多的浸泡会使我的身体腐烂。她用铲子在离我远一点的地方挖出一个坑，然后把我身旁的水引向那里。她不停地挖着，我看到雨水打湿了她发上淡蓝色的蝴蝶，有殷红的血从她的指间渗出。

大自然依然肆虐着这块土地，我身旁的伙伴一个个没了踪影。空气和温度越来越让我无法忍受，强光照射总让我头晕目眩，呼吸困难。

那个听不到蝉鸣的夏日午后，太阳的强光直射在我的头顶。她飞一样向我跑过来，头上的丝带在奔跑的途中被一条枝桠挂掉了，风抚乱了她的长发。她是那么美，但我却无力欣赏了。她跑到我的身边，用手扒开我脚下的土地，发现我的脚已腐烂，我的身体在强光下开始慢慢地枯萎。我看到她的脸色更加苍白了。

随她一起跑来的，还有一个帅气的男人。男人捡回了她遗落的丝带，扶她坐在我的身旁，很仔细地重新为她束起长发。男人说，你这次必须跟我走。她用手轻轻地抚着我瘦削的身体说，可是我不能丢下它，我必须留在这里照顾它。男人焦急地说，你不能再错过这一次治疗了。我看到她眼中溢满了疼痛和不舍。男人也看出来了。

男人拿出照相机，调出相机中的我举在她的面前说，我会把它装在镜框里，挂在你床头，这样，你每天都能看到它了。而我，在她的相机里是那样的生机盎然，我想这应该是我最好的生存方式吧。

她轻轻叹口气，再次用手柔柔地抚过我干枯的身体。在他们离开几天后，我便倒在了一个农妇的砍刀下。

我是这林中最后一株夏腊梅。作为花，我深知自己生活的意义，我总在努力让自己活得独特，活得更有价值。我的独特在于我一反众腊梅隆冬腊月开花的习惯，偏偏把芬芳撒在初夏，这让我成为一种最珍贵的观赏植物。我的价值在于我对植物的研究和学术探讨有极其深远的意义，我早已被列为国家二级保护珍稀濒危植物。但在一个农妇的眼里，快要枯萎的我，更像一束薪柴。但我知道，即使我没有成为薪柴，也会枯死在这日渐荒凉的丘陵。环境造成了我的宿命。

我没有落泪，更没有感到疼痛。我为什么要落泪？我已被那个帅气的男人装在一个非常漂亮的镜框中，挂在她床头的墙壁上，我每天都看着她躺在雪白的床上，认真地在那个淡粉色的硬皮本上记着什么。那个淡粉色的硬皮本后来被男人送到了上海植物研究所，它的扉页上写着：愿人间永远有夏腊梅花绽放！

那个叫白血病的魔鬼，早已夺去了她波浪似的长发，那条淡蓝色的丝带，被她做成蝴蝶结，静静地挂在我的头顶，这让镜框中的我更添了几分生机。一天，她目光柔柔地落在我的身上，我听到她用微弱的声音说，等到了那一天，请把我的骨灰撒在这株夏腊梅生长过的地方。有泪在我的眼中，但我依然在墙壁上露出我最美的微笑。

我要和你谈谈

○谢丰荣

“我想了很久，一定要和你谈谈！”星期五说。

我不是鲁滨逊，但我为他取了个黑奴的名字。我说：“有什么事？你尽管说吧。”

星期五注视着我的眼睛。他正坐在早餐桌边，我漂亮的妻子则正在厨房里收拾碗筷。阳光从明亮的窗玻璃照进来，空气十分清新，令人顿生惬意。我十分满足现在的生活，是的，很满足。

“把她让给我吧！”星期五低下头，说了这句话。

“谁？你说的是谁？”我不解地问。

“芬尼。”

“什么？”我从凳子上跳了起来，因为芬尼是我新婚不久的妻子。我吃惊地看着星期五。

“我爱上她了！爱，真奇怪，这一点点爱竟让我日夜不安，所以我必须对你说出来才行。”星期五内疚而又直白地说。

“天哪！可你只是我从商店里买回来的一个机器人。”我嚷道。

“是的，我是机器人，可现在机器人与你们人类还有多少区别呢？”星期五这一问让我无言以对。好半天我终于冷静下来，开始重新打量三个月前订购的商品——也就是星期五。他身材高大，肌肉强健，是个无可挑剔的保镖。这个世界，区别机器人与人类仅仅看手上的戒指闪什么颜色的光。机器人也靠吃饭生存，靠睡觉休息，只是他们的智商远远超过人类，因为他们的头脑是比人脑容量还大的特殊材料做成的。

我暗暗着急，因为无论从体力还是智力上，我都不是他的对手。

我脱口而出："你是个次品！想不到我每天对你那么好，吃饭同桌，出门同行，你还要谋害主子！早知如此，我就选那条机器狗做保镖了。"

"我也许是次品，是你贪图便宜买的，怪谁呢？我只知道一点，我的头脑里产生了新东西，这就是你们最不愿让我们拥有的感情。"星期五说。

"我要是不答应呢？"我气急败坏地说。

星期五扬了扬肌肉发达的胳膊，向我笑了笑，并不说话。我知道那意思是说，咱俩不是一个级别的，要摆平你太容易了。是啊，我哪是机器人的对手呀！

我束手无策，垂头丧气地问："那你要怎么样？"

"从今天开始，你搬到我的保镖室住，我搬到你和芬尼的房间里住。"星期五说。

这时芬尼从厨房里出来了。她看了看我和星期五，觉得不对劲，就问："你们怎么啦？好像以前从不这样。"

我快要哭了，说："是和以前不一样了。"

星期五站起来，去拉芬尼的手。

我暴跳如雷，大吼："别碰她！"

星期五回头对我吹一下口哨，算是示威。然后他坦然将芬尼抱在怀里，这时候，芬尼才弄明白发生了什么事。她发出一声尖叫。

我气得昏了头，抓起电话要打110，不过，我突然明白警察也是一群更先进的机器人，要是他们来，场面可能更不好收拾。我将电话一扔，扑向星期五。星期五只动了根指头，我就躺在地上起不来了。

这时候，我突然看到芬尼甜甜蜜蜜地搂住星期五的脖子，将嘴递上去，在星期五脸上重重一吻，接着又在他的手臂上重重一吻。我身体不能动，但眼睛和嘴能动，我惊问："芬尼，你这是怎么啦?"

"没什么，既然星期五今天把话说明了，我也不再隐瞒。其实我早就喜欢星期五了！他那么强壮，那么英俊，要知道，这可是根据明星打造的机器人呀！我的心思全在他身上，对你已经毫无兴趣，是该换换房间了!"芬尼说着，又在那用塑料做成的皮上乱吻。

我痛不欲生，对她说："可他只是个机器人，你是真真正正的人!"

"机器人怎么啦? 人和机器的结合是早晚的事，我才不怕被笑话呢!"芬尼停下亲吻，用眼睛痴痴地看着星期五，这眼神里集中了全部心思，再不理睬我的哭闹。星期五也用眼睛看着芬尼，得意地微笑着。他们就这么看下去，看下去……

我在地上痛心地感叹爱情，感叹科学，感叹这个毫无预兆的黑色早晨。

突然我听到急促的喘气声，而且越来越大。我抬头看星期五，只见他用手抱住头部，大叫起来："我的头好痛！哎哟……"然后他倒在地上，滚到我的旁边来。他身体里响着嗞嗞声，从头发根里闪出火花，看来是某个地方出现了短路。我紧张起来，害怕强电击伤自己。这时，芬尼冲过来，一把将我从星期五身边拉开，紧紧地抱住我，边吻我边说："亲爱的，我刚才说的话不是真的，是用来对付星期五的，你可别当真呀!"

很快没有了动静。我们一看，星期五"死"了，他的皮肤"溃烂"了(被漏电所伤)，面目全非。

我奇怪地问芬尼："这是怎么回事? 你快说说。"芬尼找出一本小册子，说："亏你买了东西也不看看使用说明书，现在看还来得及。"

我接过来一看，只见那上面写着注意事项：

智商极高的机器人唯一空白的是情感，当心机器人萌生情感！紧急关头，您要保持镇定，在眼睛里倾注复杂的感情信息，越复杂越有效果，目的是引起机器人程序的剧烈冲突，使之崩溃……

吵架村

○荣　荣

有这样一个古老的村庄，那里的人每天都要吵架，不吵架好像很难受。实在想不出什么架好吵了，就把祖宗八代的事翻出来吵。他们早已忘了人与人之间要友好相处、彼此相爱这样的事，村民之间只有仇恨。

他们在吵些什么呢？让我们举个例子吧，就说那次村民张三跟李四吵的那一架。那可是为历史问题吵的，因为很久很久以前，张三的爷爷的爷爷曾跟李四的爷爷的爷爷为谁该让谁先过独木桥而大吵过一架。据说两个人站在桥的两头，肩上各挑了一担大粪和烂泥，互相恶骂，在对峙了三天三夜之后，他们都昏倒了。接着，就由张三的爷爷和李四的爷爷接过担子，继续对骂。不巧的是来了一场山洪，把那桥给冲了，否则他们还会没完没了地吵下去。

不过，在桥头吵与在田埂上吵，也没多大区别，反正他们总是要吵的。这不，也不知是谁先起的头，张三和李四又吵开了。他们吵得轰轰烈烈，还动了几次拳脚。村里的人认为，作为子孙，张三和李四应该还祖上一个说法，所以，张三和李四在吵架的时候，他们也不时地插进来吵，后来，这次吵架发展成全村范围的大争吵。

在谁对谁错仍不见分晓的时候，张三又翻出了吵架的新内容，扯的是他爷爷的爷爷的奶奶有一次在田头与李四爷爷的爷爷的爷爷为了用水的事，互相骂了一架。于是，吵架继续升级。

他们就是这样成天吵，地头的活儿也不干了。他们也有自己的理论，大是大非得分清啊，这可比吃饭睡觉重要得多了。人活着为什么呢，有句话不是这样说吗，叫“不蒸馒头蒸（争）口气”。

于是，孩子们也受到了影响。他们从小受到的教育，就是怎么与人争吵。他们还学会了恶作剧，比如在墙边晒太阳，看到有人路过，就会冷不防伸出一条腿来，跌对方一个嘴啃泥，伸腿的人呢，就在一边哈哈大笑。接下来当然会有一场恶吵。但是孩子的父母看了还直夸自己的孩子聪明，会开发吵架资源。

因为人人都没工夫劳动，这个村庄都穷得快揭不开锅了。

有一天，吵架村所在的国家与邻国打仗，征兵的人听说吵架村的人特会与人争斗，特意到这个村里来征兵。一听说去与邻国打仗，村里的人都激动了：这不是国家与国家之间的吵架吗？那有多棒啊，我们的架可以吵到国际上去了，说不定可以扛个“国际吵架大奖”呢。这个架，吵起来一定很有趣，于是便踊跃报名去参军。

但是，那些人很快就被退回来了，因为这些人除了一张嘴皮子，别的什么用场也派不上。也许是平时吃不饱饭的原因吧，他们身体都很弱，连兵器也扛不动，更不用说打仗了。与别的兵丁吵起架来倒精神十足，搞得军心像一盘散沙。

后来，这个村穷得什么吃的也没有了，没饭吃的村民们也没力气吵架了，只好集体逃荒，流落他乡。为了养活自己，他们只能找一些简单的工作，以便能有一口饭吃。但是，喜欢吵架的习惯却改不了，还是走到哪里吵到哪里。

今天，如果你碰到一个特别爱吵架的人，相信我的判断吧，此人一定是从吵架村里出来的。

阎王修殿

〇沙　舟

一日，阎王殿前纳凉，望着望着大殿，忽觉得大殿陈旧又低矮，与玉帝灵霄殿、四海龙宫比，简直像座鸡窝，颇为寒酸，便萌发重修阎王殿念头。

阎王命侍从传来账房先生，让其核算重修阎王殿需多少银两。账房先生拨动算盘，噼里啪啦一阵响，回道："砖石木料人工等项费用需十万两银。"阎王问道："库银可够？"账房先生道："尚缺一万两。"阎王紧锁眉头，自语道："缺一万两，何处筹措？"账房先生闭眼沉思，过一刻道："王爷何不将一万两银摊派给牛头马面黑白无常四大差官？言说谁拿不来银，自行辞去差事，让能拿银之人当差。想来他们为保差事，会千方百计如数将银拿来。"阎王听罢，眉宇舒展，爽笑道："此法甚佳，料他们不会轻易失去这份差事。"即派侍从去传牛头马面黑白无常。

阎王坐等两盏茶工夫，牛头马面黑白无常先后报名进殿。阎王逐个盯他们一眼，方道："本王有一事需四位尽心办理。"牛头马面黑白无常问道："何事？请王爷吩咐。"阎王环视殿堂，手随目光指指点点道："此殿使用上千年，已破烂不堪，本王打算重修，可费用尚缺一万两银，尔等在本王麾下当差，不能只拿俸禄不尽忠心，每人均摊两千五百两，十日内交来。"阎王言毕，牛头马面黑白无常纷纷道："王爷素日虽待我等不薄，但俸银刚够我等家小日常开销，手头并无余银积存，十日内拿出……"未等牛头马面黑白无常把话道完，阎王不耐烦道：“本王不管尔等生何办法，十日内若银不能如数拿出，差事就由他人去做！”阎王道罢，一拂袍袖下殿而去。牛头马面黑白无常面面相觑，连连叹息。

一晃七日已过，黑白无常仍两手空空，未筹到一两银。黑无常愁闷兮兮冲白无常道：“贤弟，看来我二人差事干到头矣！”白无常默不作声，背手踱步，兜数圈方道：“去见见牛头马面，看他们筹到银没有？”

黑白无常到牛头家，恰巧马面也在。黑白无常观其二人表情，问道：“看二位仁兄春风满面，是否银已交给阎王？”牛头马面点头道：“不瞒二位仁兄，我二人去阎王府交银刚回来。”黑白无常又问道：“不知二位仁兄如何筹得这笔银？”牛头马面道：“众朋友那里借积而来。”黑白无常叹道：“我二人朋友皆是穷人，借也无处借！”牛头马面得意洋洋道：“朋友处无银借，可到有银处去借么！”黑白无常道：“何处有银借？”牛头马面道：“财神那里堆银如山，怎不前去相借？”一语道破，黑白无常茅塞顿开，向牛头马面拱手施礼道：“多谢二位仁兄指点。”

黑白无常辞别牛头马面，径直奔往财神府，守门家丁禀告财神后，引领他二人到前厅待茶。等不多时，财神从内宅至前厅，问黑白无常过府何事。黑白无常道明来意，财神毫不掩饰道：“银倒可借给二位差官，不过还时需付一半利银。”黑白无常不禁打个寒战，惊愕道：“就是说，我二人借银五千两，到时本利得还七千五百两？”财神坦然自若道：“本神君私自动用库银借了他人，如玉帝知道，也是吃罪不起。冒风险而为之，自然得有利可图，正所谓于人方便，于己方便，这个道理想来二位差官不会不明白？”黑白无常哑口无言，相互交换下眼色道：“就依财神所言。”财神按捺着喜悦，让黑白无常写下借据后，吩咐下人取银五千两。黑白无常不敢迟延，随即将银运往阎王府。

不觉已到还银之日，黑白无常依旧囊中羞涩，无银可还。财神天天派人来催，黑白无常十分焦灼烦躁。正当这时，阎王殿竣工落成，大小差官均前往祝贺，黑白无常也不得不抖擞精神去祝贺。他二人大殿内观赏一圈，至码放生死簿书架前，黑无常灵机一动，计上心来，瞟瞟左右无人注意，迅速抽出一本揣入怀中，白无常小声问道："仁兄偷生死簿何用?"黑无常狡黠一笑道："贤弟不必多问，愚兄这般自有道理。"

待回到黑无常家，白无常迫不及待问道："仁兄偷一本生死簿究竟做何用场?"黑无常开怀大笑道："生死簿里有我二人还账之银!"白无常不解其意，呆呆愣愣打量黑无常。黑无常抖动着生死簿道："贤弟还不明白?从里头找出阳寿将尽之财主，让其出银买阳寿。"白无常恍然所悟，大笑两声突然又止，担忧道："改动生死簿，此事若被阎王知晓，我二人可是死罪。"黑无常道："俗话说，狗急跳墙，舍不得孩子套不住狼，这也是没办法中之办法，只要事情做得机密，他阎王实难察觉。"白无常思虑再三，一顿足道："财神那里逼得紧，我二人又无他法弄到银，走投无路，也只好破釜沉舟，碰个运气。"

黑白无常从生死簿里查到，大名府杨桥镇一位杨姓财主阳寿将尽。他二人暗想，杨财主定不会吝惜九牛一毛那点银而终止阳寿。是夜，黑白无常叩响杨财主家门，守夜家奴看见他二人鬼面，顿时吓得浑身打战。黑白无常道："尔等不必害怕，我二人乃阎王殿前差官，有要事面见杨财主。"家奴不敢怠慢，急忙将黑白无常领进厅堂。少候，杨财主慌慌张张跑来，冲黑白无常施过礼问道："二位神差深夜驾临，所为何事?"黑无常翻开生死簿指给杨财主看，杨财主一看，蓦然恐得脸色焦黄，腿一软跪倒在地，哆嗦道："小人家财百万，娇妾成群，月余才满六旬，还未享尽人间欢乐，还望二位神差设法为小人增寿!"杨财主如鸡啄米，叩头不止。黑无常道："想增寿不难，只要肯破钱财。"白无常一旁帮腔道："收人钱财，与人消灾，公平交易。"杨财主不假思索道："需多少钱，敬请二位神差开口。"黑无常道："一万两银增寿十年。"杨财主接话茬道："出两万两银，能否给小人增寿二十年?"黑白无常相视一笑道："就依杨财主。"杨财主大喜，谢过黑白无常，起身即刻唤家人取来两万两银票。黑白无常接过银票，捉笔蘸墨，将杨财主阳寿“六十”字样改为“八十”。

黑白无常手捧银票，放声畅快大笑道：“真未料到，阎王修殿，将我二人逼出个生财之道来！”

富翁的左眼

○张其纲

比尔是18世纪英国著名的眼科医生，一生做了近万例外科手术，无一例失败。他在社会上享有极高的声誉，只有那些达官贵人和社会名流需做眼部手术时，才有享受比尔一刀的殊荣。

比尔一生潜心眼科手术，业余生活十分枯燥，只是与爱犬巴特莱相依为命。巴特莱是德国矮化纯种牧羊犬，一身雪茸茸的白毛，尾巴粗而短，摇晃起来像风中摆动的松枝，一双明亮的眼睛渗透着灵气和聪颖，十分惹人喜爱。比尔做手术时它总是憋住呼吸，像监视器一样严密地扫描着手术的每一个细节。它还会准确无误地理解主人的眼神、手势，完成指令，如打开垃圾桶、关好门等等。比尔十分宠爱它。每次手术成功，比尔看着巴特莱双眸中闪动着快乐，在自己的膝下、脚边欢跳，都会感到无比愉悦。手术前比尔总面对上苍祈祷：有巴特莱在，手术一定成功。

有一天，这座城市最大的富翁邵勒儿捂着流血的左眼痛苦地来到比尔的诊所——他在狩猎时猎枪走火，误伤了左眼。比尔觉得这是一个难度大、精确度高的手术，但迫于邵勒儿的权势和地位不能不做，并且，只能成功，不能失败。

比尔医生把邵勒儿扶坐在高高的手术躺椅上，开始认真地操作起来。

眼科手术是比尔家族的祖传，极为神圣和保密，向来不用助手，麻醉、开刀、缝合、包扎都由一人独自完成，只有爱犬巴特莱能看到比尔手中的刀、剪、针熟练有序地动作。

比尔小心切断每个微小的血管，把水晶般剔透的眼球剥离出来，放在掌心，细心清理着眼球后的淤血。比尔想把眼球重新植入眼中缝合复原，一周后邵勒儿就会康复。

突然，比尔脚下一晃，手中的眼球不慎落下。爱犬巴特莱正张着大嘴注视着手术，落下的眼球不偏不倚落在它的口中。巴特莱误认为是主人的赏赐，不假思索地一口咬碎咽下。主人比尔大为惊慌，又不敢声张，只好睁大双眼怒视着巴特莱，巴特莱不知自己做错了什么，顿时浑身颤抖起来。

比尔医生失手闯下大祸，急得焦头烂额。目光又一次与爱犬巴特莱相撞——有了——一条妙计涌上比尔心头。这时，邵勒儿在麻醉药的作用下已酣睡如猪了。

比尔把爱犬巴特莱悄悄拉到墙角，用手指梳着它蓬松的毛，深情地说："亲爱的巴特莱，你我把天捅了个大口子，你刚才吞下的正是谁都惹不起的富翁邵勒儿的左眼球。现在只有你能救我，救你自己。"比尔医生用手指着巴特莱的左眼。极通人性的爱犬巴特莱，眼眶里流出了热泪，不住地点头，尾巴摇动着，表示愿意为自己的失误弥补过失，献出宝贵的眼球。主人轻轻摸摸它的头，对爱犬的忠心耿耿表示赞赏。

容不得多想，比尔麻利地为巴特莱消毒麻醉，精巧而成功地摘下了巴特来的左眼，然后神不知鬼不觉地植入富翁邵勒儿的左眼眶中，缝合包扎完成得天衣无缝。只是为爱犬巴特莱植入了一只假眼。手术中巴特莱始终未呻吟一声，主人比尔感到十分愧疚。

一周以后富翁邵勒儿在仆人的搀扶下来到比尔的诊所，比尔医生为他轻轻地拆去绷带，取下三层纱布。邵勒儿的左眼睁开了，他突然惊叫起来："比尔医生，你真太伟大、太高明了，妙手回春真名不虚传，现在左眼比右眼清楚多了，比以前的视力提高了许多，窗外那远山上飞跑的小兔都看得清清楚楚。”邵勒儿兴奋得一边比画一边说。

晚上，比尔出诊回来，看见一个人在悠闲地散步，他的左眼里射出一股手电光柱般的亮光，走近一看正是自己的病人富翁邵勒儿。邵勒儿热情地打招呼：“喂，比尔医生，您好，我刚去参加了一个宴会，在马路的那边就看见你了，这左眼的视力真好。”比尔医生悬着的心总算放下了一些，随声附和着：“那就好，那就好。”邵勒儿又开口了：“只是，比尔医生，有个奇特的现象真令人费解。刚才的晚宴上，我的右眼看见丰盛的美味佳肴，感到垂涎欲滴，而在卫生间里，左眼看见粪便也会让我食欲大振，甚至止不住地想品尝一番。”

只有比尔医生知道其中的奥妙，左眼是狗眼，狗的天性改不了吃屎。

打　铁

○斯继东

没聚会时我就去打铁。

史料说我二十年无喜愠之色是瞎说，简直白日讲夜话。我的脸难道是铁打的？但史料说我善锻倒是不假。我喜欢打铁。

木生火，火克金。五行相生相克。再硬的东西总会有另一样东西让你变软。看着一块黑铁，在炭火中一点点变色，悄悄柔软，然后通体透明。那种纯，那种剔透，玉和玛瑙根本没法比拟。这个时候，牢骚、不平、块垒和仇恨消失了，我的内心变成了一只空空的杯子。

我不打锄镰铲耙，也不铸刀剑钩戟。我做出来的东西奇形怪状，谁都没见过，没人叫得出名字，也没人知道它的用处。一件东西，如果有名字，就有用途。有用途，就有底价。我的东西没名字，无用途，所以无价。因为无价，所以我从不出售。当然，也从没人来跟我谈过价。

我在洛阳城外搭了个破棚，支好家伙，却缺个帮手——拉风箱的。我就叫上了向秀。向秀只干了一天，就死活不肯了，因为拉风箱就看不成《庄子》。但就是那天，发生了一件事——来了一个人。

我认识那个人，他叫钟会。他爸叫钟繇，他还有个哥，叫钟毓。他爸是个不小的官，谣传字写得好。字谁不会写啊？他和他哥都“少有令誉”，“少有令誉”的原因是挺会说话。史料记载的有两次。一次是他爹带他哥儿俩去见皇帝，当时皇帝是曹丕。都是初次见皇帝，同父同母，哥儿俩反应大异，一人满头大汗一人滴汗未出。曹丕觉得奇怪，就挨个问了。钟毓答："战战惶惶，汗出如浆。"钟会答："战战栗栗，汗不敢出。"另一次是哥儿俩一块儿偷酒喝，又搞出个不同。毓是拜而后饮，会是饮而不拜。酒藏在他爹的枕头边，装睡的钟繇就睁开眼问了。哥说："酒以成礼，不敢不拜。"弟说："偷本非礼，所以不拜。"这不是绕口令吗？可我们那会儿兴这个。一个人有没有才干，德行怎么样，主要就看他会不会说话。

我以为他是来买东西的。我那些奇形怪状的东西放在铺子里，从来就没有人理睬，这让我挺没趣。现在来了人，我挺高兴的。如果他叫得出名字，那东西就送他，我分文不取。但他显然对我的东西不感兴趣，这让我很失望。事后才知道，他是来拜会我的。拜会就拜会，打小偷酒喝的家伙，或许能成个不错的朋友。可他带那么多人来干吗？肥衣轻裘，宾从如云，打架啊？带了也就带了，你总得说话啊，总得先打个招呼不是？可他没吭声，干站着看我打铁，连个屁都没放。又不是我拜会你，你爱站多久站多久吧。我就埋头打我的铁。向秀看看我再看看他也只好埋头拉他的风箱。铁在火中一点点变色，终于通体透明，我把它捞起来放到铁砧上，举起了十二磅的大锤。他挺没趣，转身欲走。我也挺没劲，忍不住就奚落了一句："何所闻而来？何所见而去？"他回过身答了一句："闻所闻而来，见所见而去。"然后真的走了。我问得挺刁，没想到他接得更妙，简直天衣无缝。

因为这一接，我的心变软了。

我喜欢上了钟会。

但我们一直没有成为朋友。

十只猴子与月亮

〇叶　俊

这是一个很古老的故事。

夜幕降临，月亮悄悄地爬上树梢，投下一片皎洁的月光。月亮很大很圆，静静地倒映在一口古井中。

第一只猴子看见了井中的月亮，不由得失声惊叫起来："呀！月亮掉进井里了！"可他转念一想：月亮掉进了井里与自己有什么关系呢？便抱着事不关己莫操心的想法转身跳入丛林觅食去了。

第二只猴子来到井边，望见井中的月亮，不禁发出感叹："多美的月亮啊！可惜不属于我，为什么上天这么不公平，宁可让月亮沉入水中，也不肯赏赐给我呢？"于是，他愤愤不平地转身离去。

第三只猴子看见了井中的月亮，便处心积虑地思索着要怎样才能把月亮捞出来。可他在家里连续想了几天几夜，最终也没想出好办法，反而因饥渴过度而郁闷地死去了。

第四只猴子口干舌燥，望见这边有口井，便兴奋地狂奔过来。往井里一瞅，竟看见水面上有个又大又圆的玉盘似的东西，心想：这也许是个无价之宝呢！于是他便一头扎进水里，再也没有出来。

第五只猴子是只母猴，来到井边，看见了井中的月亮，而自己的影子又刚好投在了这又大又圆的月亮之上，真可谓花容月貌、倾国倾城，高兴得她手舞足蹈。后来听说她唱了首叫《月亮之上》的歌，成了一名不错的歌手。

第六只猴子因为生活窘迫，无奈之下决定要投井自杀。可当他看到井中美丽的月亮时，打消了寻死的念头。面对如此良辰美景，一股激情在他的心底油然而生，于是他饶有兴致地念道：“小楼昨夜又东风，故国不堪回首月明中。”后来他被人们称为诗人，可怎奈生活依旧是贫困潦倒。

第七只猴子看见了井中的月亮，不觉惊讶地叫了一声，随即抬头望了望天空。很显然，他在为看见了两个月亮而感到不可思议。这两个月亮为什么一个在天上，一个在水里呢？忽然，他欣慰地笑了：“也许其中一个是太阳呢！”这只猴子不禁为自己的聪明暗自得意，便潇洒地离开了。

第八只猴子看见如此美而圆的月亮后，想起了自己的老祖宗——八百年前大闹天宫的齐天大圣。因为他的爷爷讲过，老祖宗说月亮里住着一位名叫嫦娥的美女。现在月亮离自己如此之近，自己为何不去英雄救美呢？想到这儿，他便像第三只猴子一样开始思考如何捞起月亮。结果和那只猴子一样也想不出任何办法。他气愤地搬来一块大石头，将井口堵得死死的。他恼怒地说道：“我得不到的东西别人也休想得到！”

第九只猴子很有经济头脑。他看见了井中的月亮，认为是天下奇观，便将这口井保护起来，建成了旅游胜地，供游人夜晚观赏。络绎不绝的游客迅速使他的腰包鼓起来。

第十只猴子望着井中的月亮，不免也发出“可望而不可即”的慨叹。忧伤之余，他想：既然我一个人够不到月亮，为什么不联合众猴的力量呢？于是，他招来一群猴哥猴弟，你拉着我我扯着你，倒吊在树上，一直延伸到水面。这只猴子在最下面，他望着月亮，小心翼翼地伸出手，可刚触及水面，月亮就变成了碎片。

这群猴子大失所望，最后谁也不愿意来这口井边看月亮了。

一个乞丐的营销策略

〇一地牙

我拎着刚买的 Levis 从茂业出来，站在门口等一个朋友。一个职业乞丐发现了我，非常专业地停在我面前。

“先生……行行好，给点吧。”我一时无聊便在口袋里找出一个硬币扔给他并同他攀谈起来。

乞丐很健谈：“我只在华强北一带乞讨。你知道吗？一抬眼就见到你。在茂业买 Levis，一定舍得花钱……”

“哦？懂得蛮多嘛！”我很惊讶。

“做乞丐，也要用科学的方法。”他说。

我一愣，饶有兴趣地问：“什么科学的方法？”

“你先看看我和其他乞丐有什么不同的地方。”

我仔细打量他，头发很乱、衣服很破，但都不脏。

他打断我的思考，说：“人们对乞丐都很反感，但我相信你对我并不反感，这点我看得出来。这就是我与其他乞丐的不同之处。”

我点点头。确实不反感，要不我怎么会同一个乞丐攀谈。

“我懂得 SWOT 分析，明白我所遇到的优势、劣势、机会和威胁。相对于我的竞争对手，我的优势是我不令人反感。机会和威胁都是外在因素，无非是深圳人口多和深圳将要市容整改等。我做过精确的计算，这里每天人流上万，穷人多，有钱人也多。理论上讲，我若是每天向每人讨 1

块钱，那我每月就能挣30万。但是，并不是每个人都会给，而且每天也讨不了这么多人。所以，我得分析，哪些是目标客户，哪些是潜在客户。”

他润润嗓子继续说：“在华强北区域，我的目标客户是总人流量的三成，成功几率70%。潜在客户占两成，成功几率50%；剩下五成，我选择放弃，因为我没有足够的时间在他们身上碰运气。”

“那你是怎样定义你的客户的呢?”我追问。

“首先，目标客户。就像你这样的年轻先生，有经济基础，出手大方。另外还有那些情侣也属于我的目标客户，他们为了在异性面前不丢面子也会大方施舍。其次，我把独自一人的漂亮女孩看做潜在客户，因为她们害怕纠缠，所以多数会花钱免‘灾’。这两类群体，年龄都限定在20－30岁之间。年龄太小，没什么经济基础；年龄太大，可能已结婚，财政大权掌握在老婆手中。这类人，根本没戏，恨不得反过来找我要钱。”

“那你每天能讨多少钱?”我继续问。

“周一到周五，生意差点，200块左右吧。周末，可以讨到四五百。”

“这么多?”

见我有些怀疑，他给我算了一笔账：“和你们一样，我也是每天工作8小时，上午11点到晚上7点，周末正常上班。我每乞讨一次的时间大概为5秒钟，扣除来回走动和搜索目标的时间，大概一分钟乞讨一次得一块钱，8个小时就是480块，再乘以成功几率60%［（70%＋50%）÷2］，将近300块。”

“千万不能追着客户满街跑。如果乞讨不成，我决不死缠滥打。因为他若肯给钱的话早就给了，所以就算着脸纠缠，成功的机会还是很小。不能将有限的时间浪费在无施舍意愿的客户身上，不如转而寻找下一个目标。”

“你接着说。”我更感兴趣了，看来今天能学到新的东西了。

“有人说做乞丐是靠运气吃饭，我不以为然。给你举个例子，女人世界门口，一个帅气的男生，一个漂亮的女孩，你选哪一个乞讨?”

我想了想，说不知道。

“你应该去男的那儿。身边就是美女，他不好意思不给。但你要去了女的那边，她大可假装害怕你远远地躲开。”

“再给你举个例子。那天CocoPark门口，一个年轻女孩，拿着一个购物袋，刚买完东西；还有一对青年男女，吃着冰淇淋；第三个是衣着考究的年轻男子，拿着笔记本包。我看一个人只要3秒钟，我毫不犹豫地走到女孩面前乞讨。女孩掏出两枚硬币扔给我，奇怪地问我为什么只找她乞讨。我回答说，那对情侣，在吃东西，不方便掏钱；那个男的是高级白领，身上可能没有零钱；你刚从超市买东西出来，身上肯定有零钱。”

有道理！我越听越觉得有意思。

“知识决定一切!”我听总裁讲过这句话，第一次听乞丐也这么说。

“要用科学的方法来乞讨。天天躺在天桥上，怎么能讨到钱？走天桥的都是行色匆匆的路人，谁没事走天桥玩，爬上爬下多累。要用知识武装自己，学习知识可以把一个人变得很聪明，聪明的人不断学习知识就可以变成人才。21世纪最需要的是什么？人才。”

立　志

〇宁采臣

他立志要变成一只香蕉，但努力的结果是最终变成了一根香肠。

上帝实在太不公平，他恼恨地想。他立志要变成一个魔鬼，与上帝作对。为此他不停地修炼，三百年后他终于变成了一个魔方，被不停地玩弄于手掌之上。

他不服气。他立志要变成一条蛇，来引诱上帝的子民误入歧途。为此，他又修炼了五百年。终于，他变成了一条蚯蚓，需要不停地在地下缓慢穿行。

他仍然咽不下这口气。最后，他立志要变成一枚图钉，被倒放在上帝的座位上。为此他又开始修炼。八百年之后，终于，他变成了一张地图。

立志变成司马南，最后却变成司马迁；立志变成一部手机，最后却变成了一根手指；立志变成一部电脑，最后却变成一个算盘——从此以后他就发了疯，甚至有点自暴自弃。

这差不多浪费了他一万年的光阴。但还好，最后他修炼得越来越成熟，变的东西也越来越靠近自己的愿望。按照他们这一行的规矩，他还有五千年的寿命。

最后，因立志变成一只鸽子最后却变成了一头驴子后，他实在生气了，他立志要用最后五千年的时间去变成一样东西，即使惩罚一下上帝也好。他不敢变成太显眼的东西，他立志要变成一只蚊子，最后去吸一口上帝的血。

果然，经过五千年漫漫的煎熬，他最后变成了一片护舒宝。

鱼非鱼

〇蔡　楠

我是鱼

我是鱼。我是荷花淀里的一条黄鲤。自从我的孪生姐妹红鲤在那个夏天逃离白洋淀行走在岸上之后，我就成了鲤鱼家族的鱼尖儿。我享受着同类的百般呵护和万千宠爱。我披着一身锦鳞自由地游泳。我打着挺儿妩媚地歌唱。我跳到碧绿的荷叶间激情地舞蹈。那时，我不是一条鱼，我是鲤鱼王国里一个骄傲的公主。

然而，骄傲的公主不久便遇到了麻烦。我遭遇了花头的追逐。花头是白鲢家族的首领，它的弟弟白鲢和我姐姐红鲤的爱情故事曾经在白洋淀360个淀泊广为传颂，但是花头就不一样了。它粗壮威猛，恃强凌弱，小鱼小虾经常成为它的口中之物。在它栖息的巢穴里，还经常有神情倦怠的鱼儿舔舐着伤口黯然离去，有的一边流血还一边甩籽。它是花头，它更是魔头。

花头是在我出外游玩的归途中拦住我的。它足有一米长的身躯横亘在荷花淀的入口处，眼光湿润润黏糊糊地罩住我，巨鳃不停地翕动。花头说，黄鲤黄鲤，跟我回去！我扁扁嘴，没有理它。它就一口叼住了我的尾巴，叼着拖到了它的巢穴。然后用背、腹、胸及尾部的鳍将我缠绕了起来。我不能挣脱。我流着眼泪喃喃絮语，你这花头，知道母鱼们为什么不喜欢你吗？因为你不会像白鲢对待红鲤那样对待我们啊。

我会我会，我改我改！花头突地就松开了鳍，接着把我推出巢穴，让一群鲢鱼送我回家。

其后我就目睹了花头的变化。它不再吞食小鱼小虾。它捣毁了自己的巢穴，把所有囚禁的母鱼都放了出来。那一段时间里，水下太平，各种生物和睦相处，荷花淀里时时泛起欢乐的浪花和动情的歌声。

随之就是那次大迁徙的到来。由于连年干旱，白洋淀水位急剧下降。荷花淀的鱼们不得不向深水淀泊迁徙。我随着鱼群游着，游过花头的巢穴。我看见鲢鱼们都走光了，只有花头守在那里，双眼空洞地望着远方浑浊的水域。

我说，花头走吧，不走会遭殃的！花头没有扭头，只是凄凉地说，黄鲤，是你呀，我在这里待了大半生，不想走，也走不动了！

我就是在这时发现花头的眼睛失明的。我问它怎么回事，它说前几天吃了游人丢弃的一堆食物，眼睛突然就变成这样了。

我为花头欷歔不已。我决定留下来，留下来照顾花头。我改变了花头，我没有理由抛弃花头。

水位持续下降。可供我和花头栖息的水域逐渐缩小。当荷花淀仅剩下一间房子大小的水面时，我和花头被一个渔民捕捞了上来。

我是观赏鱼

我和花头成了观赏鱼。荷花淀干涸了，人们筑土为岛，建起了鸳鸯岛旅游区。鸳鸯岛主将我和花头买来放进了观鱼港，和先后放进来的大大小小各种各样的鱼们一起成了观赏鱼。

在别的鱼看来，成为观赏鱼是件很开心的事情。但我不，花头也不。

于是人们看到一尾金鳞闪烁的黄鲤寂寞地游荡在喧闹的背后，看到一条硕大的白鲢王孤独强硬地仰躺在水面。有鱼食投下了。又有鱼食投下了。我没动。花头也没动。我听见了一个儿童尖细的嗓音在嚷：

看，爸爸，那条黄鲤怎么不吃我给它的食物呢？

它是条傻鱼。一个男人回答。

还有这条大鱼，它不吃，也不动。

它是条死鱼。男人又答。

傻鱼？死鱼？我气愤地一下跃出水面，盯了那个男人一眼，然后又疯狂地游到花头身边，用头顶着它，嘶哑着嗓子喊，花头，你死了吗？你死了吗，花头？花头仍然一动不动。它只是慢慢地吸水，吸了好长时间，突然一仰头，急促地将水喷到了那个男人的身上。游客们惊呼着往后退去，花头也幽幽地吐出了几个字，我没死，但快了。

花头是有预感的。几天后，一个外国旅游团来到了鸳鸯岛。他们看上了花头，花重金要清蒸这条白洋淀最大的鱼王。人们开始追捕花头。花头反抗着追捕。它上下翻飞，左右摆动，撕裂了罩，撞破了网，最后它被逼到了观鱼港最狭窄的角落，一个跳跃，硕大的身躯向水泥池墙猛地撞去。血立时洇红了观鱼港，所有的观赏鱼都被血腥浸染透了……

我是鱼

花头死了。它没有被吃掉。鸳鸯岛主将重金退给了外国游客。岛上的员工把花头打捞上来，擦洗干净，放在了一条盛满水的机帆船上。同时放进去的还有我，和所有的观赏鱼们。

机帆船载着我们进入了一片浩渺的水域。这里，远处有苇，近处有荷，水面有菱。天边，还有一群鸥鸟在鸣叫飞徊。

我和观赏鱼们在船舱里被捞了上来，又被放进大淀里。一沾久违的淀水，我就又找回了往昔的黄鲤。

鱼们四散而去。我找到了同样被放进淀里的花头。我依偎着它一点儿一点儿下沉的身体，用水一样的声音轻轻地告诉它，花头你醒醒，我们自由了……

卧　底

〇谢志强

那天，艾城所有的狗都突然失踪了。像是关掉了喜欢听的音乐，艾城感到失去了一种亲切悦耳的声音：汪汪汪。

街上，到处是人寻狗的情景，甚至，电台播出了各种寻狗的广告。街道的广告栏里，贴满了《寻狗启事》。当天的晚报，推出了《寻狗启事》专版，一律配发了狗的标准照，像是狗的大型展示。有人认为，这是狗的胜利大逃亡，艾城一定要发生什么灾难，而敏感的狗们已有预感。人们不得不审视自己的处境，暗自筹备着离开艾城。

当晚，艾城弥漫着不安的气氛。可是，艾城电台娱乐频道播出了一条惊人的新闻，一个自诩为狗类的卧底声称：他在艾城一个已被废弃的角落，发现了大群的狗在聚会。

那个卧底认为，狗也有狗的乐趣。过去，人们总是从人类的立场来对待狗，给狗穿衣、美容，还教狗学人类的语言。但狗们已不愿依附人类，狗们要回归到狗的本性、狗的状态。

这个新闻很快传遍了艾城，特别是狗的主人们发现狗在离开的时候，遗弃了主人给它们提供的衣着、铃铛等装饰品。显然狗们蓄谋已久。主人遗憾事先怎么没有察觉。主人有共同的感觉：第一次感到被狗抛弃了。

那位卧底在发表讲话的时候，时不时地模仿狗的叫声，类似人类的感叹语，却十分自然。他自称自己已进入了狗的境界，因为要当狗类的卧底，首先自己要变成一只狗，就像跟疯子对话，首先要成为疯子。他还磕磕牙齿，说：“这是长期啃骨头的结果。”

主持人追问狗类聚会的主题和内容时，卧底说：凭着对现场的观察，狗们显然在议论一个重大的问题，大狗小狗都在叫，而且，气氛热烈。这一定是一项重大的行动。

卧底由此推断：人类对狗的认识远远滞后，仅仅是停留在宠物的档次。其实，狗类存在着人类所不知道的智慧，甚至，艾城是人类的城，也是狗类的城，我们一直忽视了这一点。现在，狗突然集体失踪，这个事件提醒我们怎样重新看待狗类。

听众于是反省自己，人类也时常聚会，偶尔携带狗，但许多场合，狗不得入内。狗的聚会，是不是人类聚会的模仿？如果是对人类的一种抗议，那就可怕了。没有狗的日子，人是多么难过，多么孤寂。

卧底冒充狗，难道没被狗嗅出人味？这一点，卧底解释道：大概是我被狗忽视了，那个场合，都是狗的气味。他说他甚至生出自卑，期望自己变成一条名副其实的狗。

第二天，失踪的狗又回到了主人身边，它们身上多了点野性和傲气，但是，对主人还是表现出格外的亲热，还有些殷勤和巴结的味道。于是，艾城在进入狗年之际，开始风行学习狗语的时尚。那个穷困潦倒的卧底摇身一变，办起了狗语培训学校，他担任狗语教授。

不过，艾城居民心里还是笼罩着阴影。虽然没有发生什么意外，但是，总觉得有什么事儿迟早会发生。否则，狗类怎么能发起隆重的聚会？它们的中心议题至今是个不解之谜。当然，个别居民也怀疑，狗语学习的兴起，会不会是那位“卧底”的一个策划？他会不会是狗类派到人类的“卧底”？

长城谣

○陈　敏

长城长，长城长
十万役夫泪汪汪
离家出走千千日
荒了地，塌了房
苦了你的妻和娘
到死不得回故乡……

为什么这首歌谣如此伤感凄凉？

你从砖砾中扒出一具尸骨，用一掬掬清泪清洗着上面乌黑的泥土，抚慰着死者的亡灵，希望他安心地沉眠到永恒；而你一声声惊天动地的哭喊，震得那个坚如磐石的朝代一阵风雨飘摇。

岁月悠悠。如今，你的英名守候着一个空旷寂寥的寺院，落寞孤寂。只有你面前流淌着的这条漆水河还在低声地呜咽，仿佛还在吟唱着那首亘古不变的歌谣。

史海滔滔，缕缕时光载着悠悠的情思，投给你丝丝断想。你看见那些身穿漆黑色铁甲的武士们石雕般地伫立在沿途的工地上，褴褛的旗帜飘在凄厉的风里。你分明看见大帐内的那位将军，他瘦长的脸上布满了疲倦和无奈的表情。那时，他对来自任何一方的紧要军机情报不屑一顾，所有的传令兵都被他挡在大帐以外。往日旋动如飞的狼毫笔现在凝结在手，似有千斤，很难在羊皮纸上留下一言半语。

八百里的一段漫长的距离，一段最为壮观的工事，长城总长度的十分之一工程，就这样毁于一旦，毁于你这个弱不禁风的民间女子的哭声中，真真实实地发生了，并且是轰轰烈烈、惊天动地地发生了！何等的滑稽、可笑！这位心如磐石的铁面将军怎会相信这一事实？这位名叫蒙恬的筑城将军决计去看个究竟。

你就是在那一刻里见到了这个世界上第一个真正的男人。他像一轮太阳，让你心中那个朝思暮想的、仅仅有过一夜情的丈夫范杞良如同冰雪一样一点点消融。他山岳一样伟岸，银发长须瀑布一样顺着肩头流泻而下，虽然年事已高，但气宇轩昂，体态轻健，目光里充满着慈祥的光芒。见到他的第一眼，你的嘴唇不再哆嗦，你的内心不再惊慌。你知道，僵尸和白骨中爬出来的自己一定丑陋而肮脏，而在这样一个父亲一般注视着自己的男人面前，你一点也不羞怯。

将军打量着你这个奇女子。他被眼前的你惊诧了。你羸弱的身上，只有几条破烂不堪的布条缠着，面庞焦黑，双手瘦骨如柴，胸乳几乎裸露在外，只有一双明亮的眸子还在乱发覆盖着的面庞上滚动，像乱草丛里两颗黑色的宝石。

这就是苦难岁月的杰作。蒙恬的心重重地沉了下来。他伸出宽大的手臂，缓步走上前去，扶你起身。你枯瘦的小手被牢牢地攥进他温热的大手里，你能感到他的心在颤抖。就在这一刻，将军又一次惊诧了。借着风力，他隐约地听到了远处传来的一阵哀哀怨怨的歌声，一种由千万个女子的声音交汇在一起的如泣如诉的歌声。他看见大漠远处闪动着的点点星火。方圆几十里，目所能及的地方，破碎的帐篷漫山遍野、无穷无尽，那些披头散发、白衣素裹的女人手持灯火，声声呼叫着亲人的名字。声音时隐时现，时强时弱，那情形，完全是鬼域里无尽的宣泄和呐喊。将军顿然觉得胸膛里跳动着的心，像掉进了海水里的土坷垃，在一点点地消融。

姜女啊，姜女，无数个姜女，是你们把泪光凝在锋利的刀刃，用凄冷的悲情去冲淡令人窒息的血腥。你们无尽的哭声哭软了亲人的手，哭碎了亲人的心。是你们高高在上，俯视着砖墙下冤屈的魂灵和暴尸野外的白骨。将军觉得双腿有些站立不住。

将军从你身上看到了那个永远不为人知的秘密。这段长城是民夫们在你们这些姜女们凄哀的呼唤和武士们无情的皮鞭下所修建的一段最糟糕的工程。就在那个黎明时分，将军庄严地从头上摘下那顶乌黑的头盔。他随即下令，将你和其他所有和你一样被称为姜女的女人一起送回故乡。

而你却没有力气再站立起来。你躺在将军的脚下，如同躺在阳光里，周身温暖极了。你仿佛觉得自己已经变成了一株向日葵，而将军就成了你仰视的太阳。你在无尽的幸福中静静地去了。

将军铁青着脸，没说一句话。他又听见了像浪潮一般涌入耳际的歌谣，充满着无可奈何的哀怨：

孟姜女，哭长城
泪滴长城黑窟窿
城墙塌了几千里
折了蒙恬十年功……

博　戏

○张晓林

走出王诜的宝绘堂，米芾有了一些醉意，满脑子里只剩下了一个念头，回家把自己的画稿全部焚烧掉。

在这之前，米芾对自己所创的“米家云烟”画技颇为自负。但是，刚才在酒宴上看了李公麟的《西园雅集图》后，他震惊了。李公麟的画足可以不朽于世了！

他忽然对“米家云烟”自鄙起来。技法只能是艺术的皮毛，而不是灵魂。自己的画作缺少的恰恰是后者。与其让这样的画作流传后世，倒不如一火焚烧掉它。

途经大相国寺，嘈杂的声音让米芾清醒了一些，他又犹豫起来。究竟烧不烧呢？那些画稿毕竟凝聚着自己一生的心血呀！

这时，路边一个摆关铺摊子的人朝他招手：“官人心事重重，一定有左右为难的事了，何不来用博钱的方法断定它呢？”说着，那人从地上的瓦盆里抓起五枚铜钱，并指着一旁柳条篮里的黄柑说：“赢了你有柑子吃，输了，也不过掏三文铜钱罢了，更重要的是，你许个愿，心事自会解决。何况这还是一项娱乐呢。”

米芾来了兴趣。

他把钱握在手里，也不去看上一眼，只在心里默念道：“如若掷得正面多一些，画就不烧了；如若背面多，回家立即烧画！”（博钱为戏，看钱的正面多少，正面行话叫“幕前”，背面叫“纯”。五枚铜钱都掷成背面，叫“浑纯”，算庄家赢了通彩。反之，则算庄家输了。）博戏开始了，米芾醉眼迷离的，把手里的铜钱往瓦盆里一丢，丁丁当当一阵乱响，铜钱在盆内跳跃旋转。突然，米芾觉得忽视了一个细节，刚才只顾在心里赌钱的正反两面谁的更多一些了，那么，如果铜钱全部是正面或者全是反面，该怎么办？米芾正盘算着再修改一下心愿，四枚铜钱停止了跳动，背面朝上躺在盆底，只有一枚还在旋转不已。米芾屏了气，大张了两眼，只紧紧盯着这枚旋转的铜钱，嘴里“呀，呀”地喊着。他想好了，如果全部是反面，那也不再烧掉画稿了。“啪”，最后一枚铜钱也尘埃落定，看时，赫然是钱的正面。

回到家，米芾把所有的画稿都搜罗了出来，一把火烧掉了。

他不知道，当他掏出几文赌资交给设博局的人时，一转身，那人就冷冷地笑了，他从五枚铜钱中捡出其中四枚，放在眼前，眯着眼看了看，纳入袖筒，又排出另外四枚铜钱补进去——那先前的四枚铜钱竟然上下全是反面！

李公麟听说米芾焚画这件事后，顿足道：“可惜了，可惜了，一批瑰宝从此灰飞烟灭了！”

吴一枪的郁闷

○奚同发

私自外出，还截留赃物，吴一枪被领队狠狠批了一通。他知道，领队早想批他了。

吴一枪郁闷啊！

本来一个好好的刑警，一不小心成了“名人”。吴一枪是为成了名人而郁闷。

郁闷的吴一枪常常是急忙忙奔进厕所，却坐在马桶上半天弄不明白想干什么。

因为事迹编入“演讲团”，他本人虽不擅长演讲，却不得不按别人写好的稿子演讲吴一枪的事迹。他是演讲团本省的唯一代表，承担着一项重要任务——展示中国刑警的新形象（去年市民对行业作风评议，警察再次垫底）。天天在老师指导下练习演讲的他，真正头痛的是，这项工作一开始，他就不能带枪了。

一个刑警怎么能不带枪？一个神枪手，怎么能手中没枪？虽然一再请求，可演讲团成员带枪还是没有被批准。几乎所有的生活因此被打乱，吴一枪陷入空前的郁闷！

起先记得明明白白的演讲词也开始乱串起来。到首都第一场演讲，虽是试讲，公安部还是来人观看，算是为领导打前站。吴一枪竟然在台上静止了两三分钟，多亏组织者有经验，利用给他倒水的机会，把一份原稿放在他眼前，吴一枪才得以结结巴巴把演讲稿念完。听众还是给足了英雄面子，虽然结尾时才响起掌声，但那掌声还是热烈的。部里的同志批评演讲团领队重视不够，让中央和部领导来了就看这听这？算是很严重的批评，都上升到态度问题了。

领队给吴一枪做了一下午工作，他根本听不进去。他一直在想枪，一个刑警，一个神枪刑警没了枪，还是什么神枪手，他还是什么吴一枪啊！

试讲后，他的任务仍是在宾馆背稿子，很熟悉的东西怎么也记不住。真是郁闷啊！

多少年来，他都忘不了自己进刑警队时的踌躇满志，从那天起，他就可以遂心所愿与真枪为伴，不像父亲打了一辈子枪不过是在运动场上。因为儿子“百天抓”抓的是手枪，曾获省射击赛亚军的老爸，决定要培养出一个全国冠军，所以吴一枪是伴着父亲的一把把手枪长大的。只是并没让老爸遂愿，他进了警校。

由于老爸多年的心血，他对手枪的那份感情和熟悉自不用说，而且枪法从警校到刑警队都是出了名的。执行任务时只要他搂动扳机绝不用第二枪，保准把对方一下撂倒——打枪于他已化作骨子里的一份天然感觉。即使歹徒先发制人举起枪，可是，刹那间他仍然会以令人无法相信的神奇完成掏枪、瞄准、发射一系列动作，枪响后栽倒的当然是对方。所以，大家称他“吴一枪”……

唉，吴一枪怎么现在却走到这步田地？

实在憋不住的他终于溜出宾馆。他知道，自己只有进入刑警状态才能完成对演讲稿的记忆。不知不觉来到火车站，不知不觉就与两个小偷交了手。意外的是，一个小偷被抓，交出钱包时还掏出一把手枪。吴一枪惊得一身冷汗，迅猛地扭了对方，把枪打落，右手在自己腰带上抓了个空，这才想起来，没了手铐。只好撂倒小偷单腿压上，敏捷地捡起枪抵在对方后背。没想到，被扭得龇牙咧嘴的小偷笑了，直说那是假枪。

竟没看出来？一个神枪手，别说眼皮底下，就是几十米开外，也可以判断出那是把玩具手枪呀。唉，没了枪的吴一枪，真的一切都乱了。把小偷交给车站治安处，那把枪却被他偷偷带回宾馆。没了真枪，他只能用那把假枪在屋内一次次地拔出，一次次地对不同对象做着瞄准姿势。就在这时，领队敲响房门。他挨批了。

真不知道该怎么办。没了枪，走路简直像踩棉花一样。吴一枪啊！郁闷的他呆坐了半天，不知所措。

傍晚，他接到电话："吴正强吗？"

"吴正强？你打错了……"他眉头一皱，挂了电话。

很快，电话又响，还是找吴正强。吴一枪说，打错了，没这个人。

挂了电话片刻，回味中的他觉得，"吴正强"这三个字还是很熟悉的。突然看到演讲稿第二行那几个字：我的名字叫吴正强。恍然间明白了，吴正强就是他，他就是吴正强。已很久了，他连自己的本名都忘了。

领队敲开他的门，诧异地问："你不是在吗？"

接下来的消息让他血脉贲张：省城一幼儿园多名孩子被劫持，接他的直升机已到……吴一枪一个鱼跃，而后高空灌篮似的落下……把领队吓了一跳。他故作冷静地收拾自己简单的行李，双眼竟饱含泪水……走在宾馆铺着血红色地毯的走廊，好像还是踩着棉花。"李如茵，电话！"一个尖细的女声让吴一枪猛地停在那儿。除了他独自一人提着行李箱外，走廊上没有别人。天哪，难道是自己产生了幻觉？

学了句刚才那个尖细的声音"李如茵，电话"，郁闷至极的吴一枪摇摇头，默默自语：吴正强，叫吴正强真好啊！一个人的名字能被别人叫，一个被别人叫了名字而且知道是叫自己的人，是多么的幸福！

领队接到电话一阵飞奔，出了九楼电梯，看到的场面让他心里一时泛酸：原来冷峻而刚毅的吴一枪，头发乱糟糟的，穿着整齐地站在走廊中间，手提皮箱一动不动，目光呆滞，一副失魂落魄的样子。

聪明的豆娘

○蓝　蓝

滴哩吧啦城有个姑娘。以前她是个小姑娘，后来她长大了，就成了一个苗条漂亮的大姑娘了。大姑娘有个名字，叫豆娘。豆娘是一种小昆虫，比蜻蜓小一点，绿绿的身体，薄薄的透明翅膀。但我们的豆娘可不是虫子，她是个知书达理的好姑娘，她还有个和她长得一模一样的孪生妹妹。

姑娘大了要嫁人，豆娘总也不慌不忙。“我要为自己挑一个最好的小伙子！”她说。虽然她这么说，可总不见她像别的姑娘那样到大街上或者广场上去，偷偷寻找自己中意的小伙子。她一天到晚待在家里，要么看书，要么帮母亲干家务。她的妹妹却爱和别的姑娘们一块儿玩啊闹的。时间一长，母亲和父亲都有些着急。

“我们可不想把你留在家里养老，我们还盼着早一天抱上胖胖的外孙呢！”老两口互相做了鬼脸儿，对豆娘说。

豆娘笑了，说：“好吧，明天我就到广场上挑一个最好的女婿来！”

第二天，滴哩吧啦城的居民都知道漂亮的豆娘姐妹要挑女婿的事情了。

广场上来了三个人：一个是英俊的士兵，另一个是城里最有钱人的儿子，还有一个是衣衫褴褛的农夫。三个人都想向豆娘求婚。

豆娘客气地把三个人都请到家里，说：“我要请教你们三个问题，回答完后还要请你们在我家过一夜。”

豆娘的三个问题是：一棵树为什么会跑？世界上最大的耳朵在哪里？人间无所不能的是谁？

有钱人的儿子说："锯倒了树，拉走它不就是跑了吗？大象的耳朵最大。人间有钱就无所不能。"

大家听了一阵哄笑。

英俊的士兵说："树会跑是因为人把树移栽到别处了。世界上最大的耳朵是听别人说话的耳朵。人间只有英雄无所不能！"

人群中传来赞许的声音。

农夫说："一年一年，树在时光中奔跑。沉默里有世界上最大的耳朵。人的幻想无所不能。"

豆娘惊奇地看了农夫一眼，微笑着点点头。她的妹妹却一直盯着那个英俊的士兵目不转睛。

到了晚上，豆娘的父亲把三个人分别带到三间屋子里。每个屋子里只有一张床和一个漂亮的大柜子。

"你们有整整一个晚上的时间可以好好想想，看你们这一辈子最希望得到什么。想好了，打开柜子，你应该得到的东西就会出现。"

说完，老人就走了。

有钱人的儿子躺在床上想呀想呀，又想要很高的官位，又想要美女，想来想去，觉得有钱什么都能得到。于是他就对着柜子说："我要很多很多的金币！"

柜门开了，跳出来一只大大的癞蛤蟆，挥着大棒子把他打跑了。

英俊的士兵想："荣誉是一个士兵最骄傲的标志，但建功立业得有一匹骏马和一柄宝剑。"

于是他对着柜子说："我希望得到一匹骏马和一柄宝剑！"

柜子的门开了，当啷啷，一柄宝剑落到了地上，接着，豆娘的孪生妹妹含着泪水走出柜子，哀怨地说："难道我还不如一匹母马漂亮吗？"

士兵羞愧地红了脸，赶紧上前握住了她的手。

农夫也在屋子里。他站在柜子前，温柔地说："可爱的姑娘，我什么都不需要。我只要你做我的新娘。"

柜门开了，豆娘微笑着走出来，轻轻地搂住了他的脖子。

天亮了。豆娘家的大门外突然传来一片欢呼声和音乐声。原来，农夫就是他们年轻的国王，他很早就知道滴哩吧啦城有位美丽的姑娘，为了娶到一个真正聪明善良的新娘，年轻的国王就乔装打扮来到了这里。

这真是一个喜气洋洋的好日子，豆娘和她的孪生妹妹都找到了称心如意的郎君。——只有我，讲了半天，什么也没得到。

孤独的状元

○王海椿

彩灵做了一个梦：窄窄古道，林木密密，马蹄声，她伏在状元的背上，衣袂飘飘。风声，水声，箫声，从耳边呼啸而过，她整个人都飞起来了……

状元是戏班里的小生。

一觉醒来，彩灵才知道这是个梦。

可是，为什么白天也会出现这样的场景？在桑林里一片片采着桑叶，彩灵的心乱乱的，仿佛一只只蚕从心底爬出来，啃着桑叶。

自从来了那个戏班子，彩灵觉得自己的生活有了变化。她觉得日子不再那么单调乏味了，有了让自己心动的东西，就像在漆黑的山里找不到路，突然看到了一线光亮。

这线光亮突如其来地让自己惊喜。

那个戏班子昨天刚走，可她觉得走了好多天似的，心里在计算着日子：戏班子什么时候会再来呢？连她自己也觉得好笑，本来戏班子来是没个定时的，她算日子也没有用。

恨自己的痴，为什么要牵挂他！

戏班子是很小的戏班子，连跑场的才十多个人。

他是这个戏班子里的一个小生。戏班子小，可那是他梦想的依傍。他也许就是为戏而生的，学什么都不行，可是学起戏来，那一招一式，腔腔调调，他一学就会。

他一出场，便使她惊艳了。白净微粉的脸，干净的淡蓝的布衫，清癯风雅。一举手一投足都不像在做戏，仿若他生活的本来样子，不露痕迹地把状元的角色演活了。

状元本是一个穷秀才，为赴京赶考，到姑母家去借盘缠，钱没借到，反而被姑母羞辱一番。幸亏表妹好心，把私房钱借他。没想到书童见财起了歹念，劫了银两，把他推下了山……

彩灵也随着他滚下了山，把他紧紧抱在怀里，问他，痛吗？痛吗？撕下一块衣襟给他包扎伤口，搀扶着他一步一步艰难地走着。

他的目光清澈如泉，自己的世界仿佛被他的目光洗濯过了，是那么明亮。多少次，彩灵的双眸也化作一汪泉，向那汪泉流去，希望与之交汇、融合。可他终没发现。每次戏散，他都忙着收拾道具行装，然后就爬进那辆敞篷大卡车的车厢，随戏班子走了。她追随破卡车跑了很远，直至卡车在尘烟中变成一个小小的点，在她的眼里消失。

彩灵牵挂着状元的命运。他没有摔死，戏中的他没有她的搀扶，一步一乞讨，摸向京城，第二年终于中了头名状元，被封为三省巡案。只见他威风凛凛地身着官袍走上台来，目光炯炯，满面春风。

可恰恰是此时，她失望了。

美好的链子突然断了一节！

残害他的书童被缉拿，他一声“升堂”，幕后传来几个衙役的吼声，可半天没见有衙役上来。他照样一声厉喝：“给我重打四十！”只见歹人被打似的在地上滚动几下。堂审就算结束了。

原来是演员有限，根本没有人来扮演衙役。

彩灵有种悲凉凄楚的感觉，只为他这个孤独的状元——现实中的他一身清风，为什么即便在戏中，状元片刻的风光也不能得到？这样的场面让她有撕心裂肺的痛感。

他已适应这样的演出。他不是名伶，一个小戏班子怎比得上大剧团的排场。尽管没有衙役，他仍把自己想象成荣登榜首的状元，威风凛凛的巡案！一招一式毫不含糊。

她差不多每场戏都看，跟着戏班子跑了一个又一个地方，她一直期盼，期盼下一次演出，戏班子能加人，哪怕使她的状元有一个衙役。

可是，她的状元还是孤独的状元。

她不想让自己的状元孤独。

这一场又到了《状元升堂》一折戏了。她屏住了呼吸，为自己鼓气。我的状元，不要孤独，不要落寞，你的差役来了！

状元一声“升堂”，后面几个衙役的吼声传来，突然从幕后走出个人来，手持杀威棒有模有样地走上台来，威风凛凛地站到大堂一侧，听候状元发令。

状元惊呆了：不知怎么突然冒出了个衙役，而且，还是——女衙役。

她本打算扮男儿装的，可最终她又改变了主意。她就要以女儿装上场，让他看看她这个清秀的女衙役，让戏班子的人，让观众都知道她的状元有个美丽的女衙役。

这突然出现的场面弄得他差点无所适从了。不过很快，他镇定下来，指着歹人，惊堂木一拍：“给我重打四十！”她响亮地应了声，手中的杀威棒起起落落……

蓦地，她看到他的眼角有泪光在闪动。

落幕。她不顾一切地抱住他，紧紧地抱住，泪水一泻而下，一片迷蒙，恣肆成汪洋，把自己二十年的芳华都浮起来了。

明星马

○胡　炎

在炫目的镁光灯和疯狂的口哨声中，我知道，我成明星了。

我是一匹雪白的马。我的家在马戏团。

在成明星之前，我一直很喜欢那个骑在我背上的人，他们叫他小雨。就是他把我从草原上带到了马戏团，一天天地训练我，呵护我。有一次，我肚子不舒服，小雨守着我待了两天两夜，他的眼神忧郁中含满疼惜，让我十分感动。从那时起，我就发誓要好好训练，以优异的表现来报答小雨。

终于，我成功了。灵动的舞步、飞扬的长鬃、健美的外表，征服了成千上万的观众。

小雨抱着我的头，我们两个都眼含泪水，把那幸福的一刻永远定格在岁月的胶片上。

可是，谁能想到呢？那一刻也成了我和小雨感情的分水岭。在一次又一次的喝彩中，我却渐渐地疏远了小雨。尽管他依然骑在我的背上，我们的心却越来越远。也许都怪我是一匹有思想的马，如果我是个四肢发达、头脑简单的家伙，或许什么事都不会发生。我无法接受在舞台上动情表演的我，博得的一个又一个光环都套在了小雨的脖子上，赚到的一笔又一笔财富都进了小雨的腰包。小雨住别墅，开宝马，娶娇妻，风光无比，而我依然只拥有一个马厩、一捆野草。我是什么？明星吗？不，我只不过是个被小雨盘剥的奴隶。

于是，在一个赶往异地的日子里，我的忍耐到了极限。我在半道上趁人不备，跳车而出，然后一路狂奔，逃向一个不可知的地方。

我的运气不错，在我筋疲力尽的时候，遇到了一个看上去有些落魄的青年人。他把我牵回了家，告诉我他叫阿曲。阿曲说他辞职了，辞职的原因是他的才干和成绩都让单位的上司霸占了，没办法，上司是单位的法人代表，他再怎么努力，再怎么优秀，可好处跟他不沾边，“务实能干”、“创新有为”这样的评语都是给上司的，说好听点，他是个“无名英雄”，说难听点，他就是个牺牲品、窝囊废……

我为他的遭遇感慨不已，呜呜长嘶。

于是，我和阿曲相依相随。我决心以我的精彩表演，让阿曲的生命也大放异彩。

很快，我们的愿望实现了。然而令我悲哀的是，最终阿曲成了第二个小雨，而我满腹抑郁地开始罢工，于是我挨到了阿曲的鞭子。我愤懑至极，恼怒地向他扬起了前蹄。阿曲躲开了，面色异常狰狞地说：“畜生，老子杀了你！”

我惨淡地长笑了，其实，阿曲还不如小雨，起码小雨不会把我看做“畜生”。这个阿曲，过去给上司当“畜生”，如今变本加厉地把所有的委屈和压抑都发泄到我身上了。

这一次，我离开得很绝望。在一个阴沉沉的夜晚，我用失去两颗牙的代价咬断了缰绳，向着记忆中的草原奔去。

我终于回到了最初成长的地方，回到了我的同类当中。在空旷无垠的原野，我的风采征服了所有的马儿。一切都顺理成章，我被同类奉为首领，并且，这里所有美丽的母马都属于我。我终于尝到了一匹明星马、一个王者的滋味，这滋味太神奇太美妙了！

不知不觉，我变成了一匹不劳而获的马。所有的马，都要为我献上最鲜美的草，送来最甘甜的水。谁如果敢不经我的允许向母马示爱，就让马群将他乱蹄踹死……

直到有一天，我宣布处死一匹颇具表演天赋的少年枣红马时，一切都改变了。这匹枣红马的风采已经对我构成了威胁，我必须除掉他。我没有想到我的同类已经对我积怨如此之深，当枣红马发出了反抗的悲鸣后，愤怒的马群像咆哮的洪水向我俯冲而来……

我很幸运，凭着我多年习练的功夫，我逃掉了。从此，我开始了漫无目的的流浪天涯。没有人知道，我曾经是一匹光彩照人的明星马。

杯子碎了

○茨　园

德昭和尚走进院子时仅仅是看了我一眼，没有说话，也没有暗示什么，而我却不由自主跟在他身后往庙里走去。

早些时候这庙很破，破得只能当生产队的饲养室，养牛养驴。我之所以记得它是座庙，是因为有一年我在这里逗一头驴驹玩时折断过一尊泥塑的胳膊。土地承包时牲口分到了户里，它便闲着，一任破烂不堪。只是邻近几村建了庙后，村人们不知在谁的倡议下集资把它修葺了一番，并重塑了泥像。逢有节气，自有我奶奶那般年纪的人到庙里磕头、絮叨。平时庙门虽开着，却少有人进。

某一天，庙里住进了个剃了光头的汉子，他，就是德昭。德昭初来时并没有木鱼、念珠之类的器物，只是头儿光光。觉得既然有了庙再有一个和尚，在这三乡五里也是个值得说道的话题，也就没人多事去招惹他些什么，见他进进出出，没看见似的，由他。日子久了，竟和他稔熟了许多，叫他和尚，德昭和尚。

德昭和尚进了庙就坐在蒲团上微闭着眼睛，双手把玩着颈下的念珠。

我呆站在他面前，好久也不见他说一句“你坐”之类的话，也就在他对面的另一个蒲团上自坐了。

这庙又修后我来看过一次稀罕。这一次，是第二次。

德昭和尚不说话，我挺无聊。于是，就四下瞟望。

看得出，德昭是个极爱整洁的人。不光庙里收拾得整齐，门窗擦得也干净。奇怪的是，香桌上倒扣着的一只玻璃杯子却落满了灰尘，与洁净的桌面极不协调。

好奇心驱使我走近桌子仔细看它。看了好久，看不出这只杯子有什么奇特的地方。

德昭和尚为什么不擦它呢？

不知出于什么目的，我鼓起腮想吹去它上面的灰尘时，却听见德昭和尚喊了声：“别吹！”

猛一下听到这声音，我吓了一跳，转脸见德昭正用眼看我，便猜想他也许有什么话要跟我说。于是，就又坐在他对面的蒲团上静等他给我讲或许就是这个玻璃杯的故事。谁知，他却又眯上了眼，把玩着颈下的念珠。就这样，不知道又对坐了多久，除了无聊我感觉不出丝毫别的什么。于是，我说：“德昭，我走了。”

德昭和尚却什么也没听见似的。

德昭和尚是个怪人，我想。也不再拘于礼节，起身，出庙门。

“啪！”的一声，身后传来玻璃破碎的声音。我一惊，忙又折回庙里。

德昭和尚仍坐在蒲团上。他的面前，是几块碎玻璃。

诧异间，德昭冲我笑了笑，仍没有说话。

德昭是什么意思呢？我猜不出，也不愿去为这伤脑筋。

一只玻璃杯子碎了。

是的，一只玻璃杯子碎了。

也许，仅仅只是一只杯子碎了。时隔多年，我常常这样想。

收购梦想

○金晓磊

卡付卡博士带着他的几个助手，开着车子来到K城。打着“给我一个梦想，送你五十万”这样诱人广告语的车子，满城跑着，把K城的很多眼珠子都吸引过来。车顶上的喇叭里一个劲地播放着：收购梦想。最后，车子停在了K城的广场上。

一群人很快就围了上来。卡付卡觉得时机已经成熟，就拿出个仪器来。这仪器有些像医生的听诊器，只是那个金属小圆饼被换成了玻璃器皿。

有好几个人伸手想去摸那个仪器，卡付卡连忙高高举起了它，说：君子动口不动手。

那怎么个收购法？一个戴眼镜的老头儿问道。

卡付卡说：其实很简单，你把你的梦想卖给我，我把我的钱付给你。

你买去有什么用呢？

不好意思，这是商业机密，无可奉告。

那如果我把我的梦想卖给你，我还能再有梦想吗？

你这个问题问得很有水平，这也是我们这个买卖的关键所在。卡付卡推了推眼镜继续说，理论上，你是可以重新有梦想的。但事实上，你不能再有了，因为在买卖之前，我们需要签订一份合同。合同规定你不能再有梦想。如果你违反合同，那要付十倍于收购款的违约金。

人群里很快发出一阵“哦”的声音。

很多人依旧围在卡付卡身边，却没有一个人开口和卡付卡谈买卖。

就在这个时候，一个乞丐走了过来。有几个小青年忙着怂恿乞丐，让他把梦想卖给卡付卡。那个乞丐很快就点头同意了。

有句话说“顾客就是上帝”，但请不要介意，你的确是位特殊的“上帝”——你完全有可能违约而付不起违约金。卡付卡说，但考虑到你是我的第一个“上帝”，我还是决定和你做这笔买卖。

在签合同的时候，那个乞丐居然脸红地说，我不会写字，也没名字，按手印可以吗？

卡付卡的第一份合同，就被这个乞丐用红手印给“签”下了。

卡付卡拿出了梦想的价格表。总统梦，50 万；科学家梦，40 万；歌星梦，30 万……

人群里又是一阵骚动。他们忙着让乞丐说梦想当总统。

我的梦想是当总统。乞丐大声地说了出来。

那个戴在乞丐头上的仪器，马上闪烁起红灯，“呜呜”地叫了起来，把乞丐和旁边的人吓了一大跳。卡付卡说，请说出你的真实梦想。

乞丐的脸又红了。他说：我梦想有间房子，能够吃上白米饭。

那个仪器，绿灯闪烁。卡付卡把那个梦想编上号，存进了电脑芯片里。

然后，按照价目表，卡付卡拿出了 1 万块钱，并在乞丐的手臂上套上一个金属环。卡付卡解释说，这是个监控器，当你想再次拥有梦想的时候，它就会发出警报。

见到这么多的钱，乞丐已无心听卡付卡说什么了，一把抓过钱，跑进了对面一家餐馆，人群里爆发出雷鸣般的掌声。

接下来的买卖就出奇的顺利。广场上的人们忙着把自己的梦想卖给卡付卡。

场面甚至一度失控。几名警察忙着维持秩序。等明白过来怎么回事以后，他们趁机把自己的梦想也给卖了。

连妇幼保健医院出生不久的婴孩，都被他们的父亲抱着打车过来卖梦想了。等他们赶到现场的时候，才明白孩子实在太小，还不会说梦想，只好遗憾地回去了。

这样的收购持续了两个星期，K城几乎所有人都把梦想卖给了卡付卡。卡付卡在漆黑的深夜，一个人偷偷地先溜走了。

但没过多久，人们就觉察出问题来了。他们觉得现在的K城，变得越来越死气沉沉，没有了一丁点活力。

终于，有人找出了问题的根源：K城人的梦想，被一个叫卡付卡的人收购走了，K城已经变成了一座没有梦想的城市。

K城的人们，只好满世界开始寻找卡付卡……

猎 人

○杨 涛

一只、两只、三只、四只、五只、六只……

猎人拿起第七只青蛙时，看看锅底只剩下三只可怜的小蝌蚪了。猎人生气地大叫：“这是怎么回事啊?”

猎人老婆诚惶诚恐地跑到猎人面前，说：“我翻遍整座山了，有水的地方我都找了两遍哩，青蛙确实给逮精光了。”

“这不是叫我前功尽弃嘛!”猎人有点想发火。

“蚂蚱可以代替吗？我顺便捉了一袋子回来。”猎人老婆小心翼翼地说。

“还不快做给我吃!”猎人吼道，“这些小不点儿，至少得吃100只才行。”

没料到，蚂蚱用头等白面裹了，放油锅中炸炸，味道居然比盐水煮青蛙好出十倍呢!

猎人美滋滋地吃完100只蚂蚱，打着饱嗝呼噜呼噜地睡了一夜。

第二天一早，猎人醒来，揉揉眼睛走出卧室。他惊奇地发现自己像一条狗一样趴在地上，他感到双腿双臂有用不完的劲儿。猎人像蚂蚱一样舒展了一下胳膊腿儿，一跳，居然跳到他家院中那棵三米高的枣树上。猎人从枣树顶端摘了几枚红透的大枣塞进嘴里，他凶狠狠地想：这下看野兔还跑得了嘛!

傍晚落日的余晖中，猎人回来了。他手中提着一只刚断奶的小兔子，嘴中骂骂咧咧地说：“没想到兔子都它娘的长出翅膀来了。”猎人一进家门就又吼他老婆：“快去给我逮麻雀去，最孬也得100只哦！”

烦躁的猎人整天整夜地在家研究如何捕捉飞翔的兔子。

这些天猎人的晚餐都很丰富，顿顿四菜一汤：凉拌蜜蜂、清蒸麻雀、醋熘蝴蝶、爆炒苍蝇和酸辣蚊子汤。

吃了几天带翅膀的食物，猎人的双肩上果真长出了一对翅膀。猎人来到宽敞的地方，助跑了几步，试飞成功，翅膀拍打次数竟达1000次/分钟。猎人飞到自家房顶又从房顶滑翔下来，他说：“看兔子还怎么逃出我的手掌心！”

当天傍晚，飞了一天的猎人又回来了，他手中还是没一只野兔。他沮丧地对老婆说：“野兔都学会游泳了，它们钻到水里，连一根毛也不让我看到。”

猎人老婆安慰猎人说：“你别急坏了身子，我们还可以喝麻雀汤的。”

“可我多想痛痛快快吃顿丰盛的野兔肉啊！”猎人很固执。

“没事的，我马上去给你逮比目鱼和泥鳅，比目鱼是潜水能手，泥鳅能深入水底的污泥中，吃了它们，你就不怕野兔下水了。”

猎人吃了100条比目鱼和100条泥鳅，摸着圆滚滚的肚子酣睡一夜。

第二天醒来，猎人就发现脸上痒痒的，站到镜子前一看，他看到脸上多了两个像金鱼一样的腮帮子。他走出家门，跳进池塘，潜进水里，老半天才吐出一串水泡，浮出水面来换气。

会潜水的猎人，又兴冲冲地出门去打兔子，在水里泡了一天，又是连一根兔毛都没捞着。倒是在潜水时几次碰到了水蛇，水蛇也在找野兔，猎人还差点让水蛇咬了手指。

掌灯时分，猎人失望地回到家中。他对老婆说：“我发现我的脑子怎么这么笨啊，狡兔三窟，它们在水里的住处如迷宫一样。”猎人叹了口气，接着说，“恐怕你得上山给我逮猴子去，看来我得吃猴脑了。”

第二天，猎人老婆天蒙蒙亮就起程了。

猎人等了四五天，都等得不耐烦了，猎人老婆才背着一个沉甸甸的大麻袋回来了。猎人打开麻袋一看，没一只猴子，倒是有满满一袋肥硕的大野兔。

这时，猎人才注意到自己的老婆，他发现她竟变成一只浑身长满长毛的金丝猴。她的大腿像青蛙一样壮实，她的肩膀上长着一对老鹰翅膀，她的腮帮子像金鱼一样。

“看来，这娘儿们已经是个出色的猎人啦……”这样一想，猎人竟感到自己有点儿英雄气短了。

秋天花会开

○朱雅娟

从小到大，我听得最多的一句话就是：长得丑不是你的错，但跑出去吓人就是你的不对了。

其实我长得丑也不是父母的错，我爷爷高额深眼，我外公鸡胸驼背，我奶奶腰长腿肥，我外婆肥颈秃发，我爸妈成天在地里忙活，让太阳给晒得像黑炭……这也不是他们的错，错的只是阎王爷把这些长相特征集于我一身，错得更离谱的是还把我生成个女孩子。

我时常倚在门口，盼望着能有个相士、道士看见我后说：此女相貌不凡，生有异相，他日必是国之大器。但我在门上一倚就是四十年，从来没有一个人说过这样一句话，他们一见我扭头就走，就连叫花子也不到我家门口来。

周王室衰败，天下诸侯乱纷纷称王称霸。既然我是贱命一条，索性豁出去算了，我要学好武功，报效国家！没人肯收我为徒，没关系，我自己练。我额头高，可以练练铁头功。我每天拿砖往脑门上劈，不劈完一百块不完事。我腰长腿肥重心低，翻筋斗身子拿得稳，腿不打闪。冷兵器年代的明枪暗箭怕什么呀，什么威力都没有，谁要能射穿我的鸡胸，戳透我的驼背，我叫他二大爷！

女孩家都喜欢花花草草，但我养的花草鱼虫压根就不活，这也使我懂得沉鱼落雁与我无缘。然而，我认为，丑比美更有震慑力。我在院子里种了一棵树，这棵树是用黑铁铸就的，既可以美化环境，又是我练武功的靶子。

虽然我四肢发达，但我的头脑绝不简单。我默默关心着时局的变化，搜集有关当今齐王的种种传闻。终于在四十岁的一天，我奔赴国都临淄。

饮酒作乐、好色无能的齐王听到自称天下第一丑妇的我求见，出于好奇心召见了我。

“倾慕大王美德，愿执箕帚，听从差遣！”我毕恭毕敬。

齐王哈哈大笑。

“危险啊，太危险了。”我长身而起，转身欲离去。

齐王收起笑容：“愿闻其详。”

“秦楚环伺齐国，虎视眈眈，而齐国内政不修，忠奸不辨，太子不立，众子不教，齐王你专务嬉戏，声色犬马，这是第一件可忧虑的事情……

“兴筑楼台，高耸入云，饰以彩缎丝绢，缀以黄金珠玉，玩物丧志，利令智昏，这是第二件可忧虑的事情……

“贤良逃匿山林，谄谀环伺左右，谏者不得入，说论难得闻，这是第三件可忧虑的事情……

“花天酒地，夜以继日，女乐俳优，充斥宫掖，外不修诸侯之礼，内不秉国家之治，是第四件可忧虑的事情……”

齐王听得目瞪口呆，尔后急急赐我上座，毕恭毕敬地说：“得聆教言，犹如暮鼓晨钟，如果我今后还有一点点进步，皆君所赐。”

此后在我的辅佐下，齐王罢宴乐，除佞臣，强兵马，强国库，使齐国强盛一时，我也被齐王立为王后，万民景仰。有了这个结局后，不少相士道姑看到我都要说：“娘娘生得异相，非凡类也。”而我院子里栽的那棵树，也被我的父母裹上红绸彩缎，有一天竟有人上奏说，铁树开花了。

我当即驾辇到了我生于斯长于斯的故园，我家的房子早已不见，取而代之的是七进七出的大宅院。我可亲的铁树独自站在几百米的围栏里，披红挂绿，精神抖擞。远远望去，每一片树叶每一瓣花都十分逼真，微风过处，居然有花香飘拂。我的眼中蓄满了泪，但我的眼窝那么深，到天黑这些泪也流不出。

我似乎又回到王后的册封大典上，齐王挑开我脸上的珠帘动情地说："从今以后你就是齐国的王后，寡人深爱的王后。"齐王的脸贴着我的额，他的声音格外诚挚，只是他的眼是闭着的。

家人都盼望我怀上齐王的子嗣，我也希望。但我知道这只是一个美好的梦想，我仍是处子之身将是我跟齐王永远的秘密。

E时代馒头

○无业良民

傍晚，老婆吩咐我去买一元钱的馒头。当时我正在鼓捣电脑，问老婆想不想体验一下网上购物的乐趣。老婆也是一条网虫，于是我们并排坐在电脑前开始了我们的电子购物之旅。

我首先搜索到了名曰“馒不讲理”的网站，这是一个专门在网上卖馒头的网站，中文名称的含义大概是：“喜欢馒头需要理由吗？”

注册成为正式会员才能实现网上购物。于是我自己起了个“六指擒馍”的昵称，然后设定了密码，填写了邮箱地址、姓名、身份证号、住址、邮政编码、手机号码，哈哈，注册成功。

老婆指着显示器说别忙着高兴，我仔细一看，需要用手机短信给定的号码激活账户。此时手机响了一下，号码来了。我的手机上显示：欢迎成为“馒不讲理”会员，请用1818×××激活账户，从现在开始您将享受到我站短信服务，包月10元。

老婆唠叨说，还没闻到馒头味儿，50个馒头的钱就没了。我安慰她：注册是烦琐的，代价是有点儿高的，但以后是方便的，现代化不是免费的。

老婆催我继续。

我激活了账户。真是别有洞天，页面上立即出现了馒头的图片。

品种选单上，除了馒头，还有花卷等相关商品。我点击了“馒头”。

又出现了一个选单，标明美式、欧式、中式等馒头品种。

我选择了“中式”。

传统点这里，改良点这里。我选。

机制点这里，手工点这里。我选。

圆形点这里，方形点这里。我选。

肚子开始“咕咕”叫了。

一元四个点这里，一元五个点这里。我选。

终于出现了一个新页面：恭喜，你已经把馒头装入了购物筐。

航空快递点这里，普通包裹点这里。我选择了“航空快递”，我可不想吃过期的馒头。页面提示：航空快递须另外交费50元，现在你的总额是51元，请确认。

我按了下“确认”键。哈，馒头离我越来越近了。虽然贵了点儿，但这是足不出户的价格呀。

又出现了“请选择付款方式”。我选择了一家银行。

页面提示：请输入你的卡号和密码。

老婆说，万万使不得，危险。我说，还有一种方式就是自己到银行办理汇款。老婆说这样比较稳妥。

刚下楼我又折回来了：“现在凌晨一点了，先凑合着喝点儿稀粥吧。”

西太后的司机

〇远　山

自从被西太后召去唱了几次堂会，扮相清俊的男旦艺人花木春觉察西太后看自己的眼神不一样了，不由得心下忐忑。

这次唱罢，跪领赏钱，刚欲起身，西太后竟然又说了一个“赏”字。双份的？花木春不知双份赏钱后面的事情是什么，可又不敢不接，只好再次谢恩。

西太后目光迷离，盯了花木春一会儿，起身走了。花木春这才放了心。走到门边，不料被人拦了去路，抬头一看是李公公笑眯眯地立在跟前。

您哪，有福了。李公公拿了腔调说：老佛爷相中你了。听得花木春一哆嗦，怕被李公公看出来，嘴里只说谢恩的话。

跟我走吧。李公公说。

只能跟他走了。

转来转去，转到一处盖了红布的庞然大物面前。李公公慢慢腾腾地揭开了说：瞧见没？多新鲜的玩意儿，咱大清朝的第一份啊。

看得花木春眼睛有点直：好家伙，四个轱辘自然是黑色的，上边的敞篷可是一整齐的白色，像是马车，却全然不是。

这可是德国产的什么汽车，奴才们孝敬给老佛爷的。李公公说，老佛爷怎么就相中了你，要你来学开这辆车。你哪，就是它的主人了。你还有一个好听的名字，叫什么“司机”。谢恩吧。

赶快谢吧。谢过了，花木春悄悄松了一口长气。早就风闻西太后有不少嗜好，给她开车这一遭总比给她干别的好些吧。

尽管说车子这东西没摆弄过，可不比唱戏练功难到哪儿去。有洋人指点，加上花木春也着实喜欢这新玩意儿，经过几天的练习，花木春便能自如地驾驶了。

西太后头一次坐上车在皇宫里兜风，还郑重其事地开了一个会，左丞右相的来了不少。西太后授意下面的奴才在会上说，我们西太后是圣明的，凡事不囿于祖宗的旧规矩。以前是不容许奴才坐在主子前面，我们西太后就破了这一条，让司机坐在前头。我是非常愿意接受新事物的，看到了没？今天，就坐上这汽车让所有人看一看。

李公公扶上了西太后，喊了一声：起驾！花木春便小心翼翼地驾了这辆全中国第一辆汽车在皇宫里转悠。这事还叫大丞记了下来，内容当然是老佛爷破除旧规矩，勇于接受新事物云云。

西太后坐着高兴了，喊了声“赏”，花木春又得到了赏银。这西太后是很情绪化的，一高兴，就暗示说看了花木春的侧脸也喜欢，加上开车辛苦，下了车，竟亲手写了一个笔墨丰润的“福”字赐予花木春。

而更多的时候太后情绪不佳。朝廷摇摇欲坠，楚歌四起。太后命李公公找来算卦的人。这些人就说，您太后是英明的，是不是别的人碍事了呢？具体点说，是不是跟太后坐车有关系呀？你看，堂堂圣明太后前边，竟然坐了一个唱戏的奴才？成何体统？西太后心中有数了，她点了点头，吩咐小李子如此这般地去办这件事。

李公公想，有没有更好的办法呢？他先找到了洋人，琢磨能不能把司机的座位挪到后边去，老佛爷坐在前面就行了，可被告知没法改。他只能按了西太后的意思，在司机身上打主意了。

那一天太后又来了兴致，李公公忙招来花木春，对着花木春耳语一番。花木春哪敢不从？没办法，只能按西太后的意思开车了。不方便？忍着吧。也不敢开快。西太后不高兴了，怎么开得这样慢哪？花木春就想开快一点儿，没想到刹车不及，竟撞到石狮子身上。

还好，没出什么大事。可太后大怒，说不吉利。

花木春赶紧下车，跪在地上请罪。西太后被扶下车，怒目而视说：敢情，你想要我的命啊？花木春大惊失色，忙不迭地磕头。西太后慢悠悠地说：惊了我事小，你惊了镇宫的宝贝，事儿大了。

她指了一下石狮子，说：你惊了它了，就陪陪它吧。西太后的下一句话更要命呢，西太后面无表情地说：什么时候，它起来了，你就起来。言罢，西太后被扶上了轿，走了。

花木春当然不敢起来，一直在石狮子前面跪着，跪了多少天，没人知道，最后居然活活跪死了。

为什么花木春会刹车不及？因为他来不及刹车。须知，他是领了旨意跪着开车的啊。

国王的秘密

〇佚　名

有一个国王在花园中散步，看见一条美丽的七彩小蛇被困在用荆棘做成的围篱里。

这位善良的国王便挑开围篱，解救了小蛇。他对小蛇说："以后出来游玩，自己要多加小心。"

第二天，国王在花园里散步的时候，遇到了一位衣着华丽、威仪庄严的人。国王讶异地问他："你是什么人？是如何闯进皇宫花园的？"

那个人说："陛下不必惊慌，我是龙宫里的龙王，今天是特来向你表达谢意的。"

"为何要感谢我呢？"国王问。

龙王说："昨天我的小女儿偷偷跑到你的花园赏花，不小心被围篱困住了，幸好你及时解救，否则早就被太阳晒死了。你对龙宫的大恩，我不知如何回报。你要什么，尽管说出来，我一定会满足你的愿望。"

国王听了，沉吟半天，说："我的皇宫有许多宝物，实在不缺少什么。但是如果可以的话，我希望能通晓鸟兽的语言。我经常观察鸟兽，觉得它们十分有趣可爱，只可惜我听不懂它们说的话。"

龙王说："这并不困难，但是你若想听懂鸟兽语言，从今天起就不能再吃它们的肉。你素食斋戒七天以后，自然能听懂鸟兽语言。"

龙王说完，深鞠一躬，就消失不见了。国王正在惊愕的时候，空中又传来龙王的声音："但是您绝对不能让任何人知道您听得懂动物的话，一旦泄露，您的能力就会消失。"

国王依照龙王的嘱咐，开始素食斋戒。到了第七天吃晚饭的时候，他突然听见屋梁上两只飞蛾在说话。

母蛾说："喂，死相！你去捡那粒掉在地上的饭粒给我吃。"公蛾说："疯婆子，你想吃不会自己去捡吗？"母蛾说："你没看我这么胖，飞不动吗？你以前还常说你爱我，现在连为我捡一粒饭也不肯！"公蛾说："你这是活该！叫你减肥你老是不肯，好吃懒做，才会胖成这样。你没看国王和王妃正在用餐，现在飞去捡饭粒，不是要我的老命吗？你是不是爱上了别人，想谋杀亲夫啊？"

国王听到这里，忍不住哈哈大笑。

王妃疑惑地问："陛下在笑什么呢？"

国王说："没什么，没什么。"然后就沉默不语了。

吃过晚餐，国王和王妃喝茶时，又听见屋顶上的两只壁虎在说话。

公壁虎说："让开，我要过去！"母壁虎偏偏不肯，挡住公壁虎的去路："这么晚了，你要去哪里？是不是又要去找隔壁的狐狸精？"公壁虎说："神经病！我不是去隔壁，我是出去散散心，我快要受不了了！快让开！"母壁虎哭起来："我偏不让你过去，死昧良心的，从前说生生世世永不分离，可是在一起不到一个月，就受不了了。呜呜呜……"

两只壁虎拉扯半天，一起从屋顶上掉下来，尾巴都断了。

公壁虎长叹一声："真倒霉！这个月已经第三次摔断尾巴了。"

国王听到这里又大笑不止，茶水都溅了出来。

王妃狐疑地问："陛下在笑什么？"

"没什么，没什么。"国王又沉默了。

从国王听懂动物说话的那一天开始，就常常无缘无故地独自笑起来。这使王妃非常痛苦，她心想："国王心里一定藏着什么重大的秘密，如果我不用生命相威胁，他一定不会告诉我的。”

有一天，国王又无故失笑了。王妃就大闹起来：“陛下今天如果不告诉我为什么笑，我就自杀，死在陛下面前！”

国王感到苦恼，但他实在不能把秘密告诉王妃，就说：“你先别自杀，等我出去散散心，回来再告诉你吧。”

国王出门去散心，王妃内心窃喜，在宫中等待。

国王散步走过花园的羊栏时，突然听见了羊的对话。

母羊说：“亲爱的，我怀孕走不动了，你快来背我！”公羊说：“走得好好的，干吗叫我背？”母羊说：“你如果不过来背我，我就自杀，死在你面前！”

公羊说：“自杀？别说笑话了，你从哪里学到的这种愚蠢想法？”母羊说：“我刚刚听见国王和王妃吵架，王妃的要求未能如愿，就说要自杀，国王马上就答应了她的要求。自杀是很好的武器呀！我想找你用用看，以证明你和从前一样爱我。”公羊听了，哈哈大笑，说：“说你笨，你还真是笨呢！自杀是世界上最愚蠢可笑的行为，动物里只有人类才会那么愚笨，没有别的动物会笨到去自杀。每只动物都爱惜生命，也有独立自主的意志。你自杀，我又不能代你死，与我有什么相干呢？你现在是要学无聊的人类去自杀，还是做一只有尊严的羊，自己走过来呢？”

母羊听了，温顺地走向了公羊。

羊栏外的国王自言自语道：“难道我作为一个国王，智慧还不如一只公羊吗？”

国王散步回宫，看见王妃还站在那里。王妃说：“陛下今天如果不告诉我为什么总是无缘无故地发笑，我一定会自杀的！”

国王说：“我经常失笑，是因为想到从前和你在一起的欢乐时光，喝茶的时候想到，吃饭的时候也想到，时时刻刻都在想。”

王妃说：“那陛下为什么不和我分享呢？”

国王说："放在心里想比较甜蜜，说出来就没那么甜蜜了，就好像充满香气的琉璃瓶，一打开，香气就飘散，再也不能回味了。"

王妃笑了，含情脉脉地看着国王。

这时，国王突然听见梁上的母飞蛾对公飞蛾说："你要多学学，人类多会甜言蜜语！如果你肯那样对我说话，我再也不和你争吵了。"

国王又笑了。

冬 季

○杨晓敏

你围在牛粪火旁，百无聊赖的样子。分配到西藏最偏远、海拔最高的哨卡，你难免怨天尤人，愁肠百结。白天兵看兵，夜晚数星星，这个叫“雪域孤岛”的地方，毫无生气可言，一簇簇疏落的草茎枯黄粗硬，辐射强烈紫外线的太阳朝升暮落，点缀着难挨的岁月。

你的思绪只是一条倒流的小河，两个月前的军校生活，总让你濯足在倒映着鸟语花香的碧波里流连忘返。你不愿想象未来，面对现实生活你无法排遣心理上的屏障，编织出彩色的梦幻。就像被哨卡周围皑皑林立的雪峰困住一样，使你无法拔着自己的头发超越过去。

你懒洋洋地直起腰，被一阵阵吆喝声召唤出来。

士兵们在雪野里奔跑着，一派散兵状。人群中间，跳跃着一头小兽，连续几天落雪，这只在哨卡周围时隐时现的红狐狸，终于耐不住饥寒，钻出来觅食了。哨兵一声呐喊，大伙出动了，偌大的雪野成为弱肉强食的场所……

你看见狐狸在一位士兵的怀中剧烈喘息着，肚腹起伏得厉害。大伙头上笼罩一团哈气，喊叫着围拢上来，露出胜利者的骄矜。

当时的直觉告诉你，它简直不是一头小兽，该是美的精灵呢！它的眼睛是幽怨的，蠕动的姿态是娇嗔的，红艳艳的毛皮多亮多柔软啊，仿佛一团火焰正在燃烧……

士兵们击鼓传花般传递着狐狸。

“郎个搞起的，一挨它，手上的冻疮就消肿了。”

“我说川娃儿，别吹壳子啦，它可不是你整天装在衣袋里的那个细妹，有恁乖?”

刚从哨塔上跑来的是个新兵，脸上早冻得裂开了花，嘴唇的血渍使他不敢大声说话。他把狐狸贴在脸腮上，贪婪地抚摩一会儿，说：“都说狐狸臊，我怎么会闻到甜丝丝的味道?”

你平静地望着这一切，多少觉得有点无聊，面部的肌肉不时抽搐几下，从心里对他们说，这大概是自我心理平衡在发生作用，冬季太可怕了。

不知何时士兵们不做声了，只把目光齐刷刷地盯向你。那意思再令人明白不过地表达出来——杀掉狐狸，做条围巾什么的，让站岗的哨兵轮流戴它，或许对漫长而凛冽的冬季是一种有效的抗御。

四川兵从身上摸出一把刀，犹豫着递过来。

你看看刀，看看狐狸，脑海变幻出和氏璧、维纳斯以及军校池塘里的那只受伤的白天鹅之类的东西。当你充分意识到这种思维的不和谐不现实甚至离题太远时，你在短暂的沉默中，唤起了自己姗姗来迟的恻隐之心。

四川兵手中的刀捏不住了，落地时众人的目光倏地变得复杂。有人“哼”了一声，用脚把雪花踢得迷迷蒙蒙——对你这个哨卡最高长官的犹豫不决和不解人意，表示出极大的蔑视和不信任。

你的腮帮子鼓胀几下，吞咽一口唾液，弯腰从雪窝里抠出那把刀。你再一次抬起头来，大家依然无动于衷。你只好试试刀锋，左手抓过狐狸，把它构造精美的头颅向上一扳，用嘴吹开它脖颈上飘逸的柔毛，右手缓慢而沉稳地举起刀……

狐狸本能地痉挛起来，恐惧中闭上那美丽绝伦的双眼，悠长地哀鸣一声，悲戚之至。

士兵们似乎被当头浇下一盆冷水，瞬间清醒了，几乎同一时刻，全扑上来，七八双粗糙的大手伸出来："别……"

时间凝固了。脸上裂花的新兵，扑通一下跪在雪地上，抱住你的腿呜咽着说："哨长，还是放走它吧，有它来这儿和我们做伴，哨卡不是少些寂寞、单调、枯燥，多些色彩吗？我……情愿每晚多站一班岗，也不要狐狸围脖……"

你的思绪变得明晰，沉重地呼出一口浊气，爱怜地抚摩几下新兵的头，心里说，你也教育了我。尔后大吼："起来！"手一甩，刀"嗖"地飞出老远。

狐狸蜷曲雪地，试探着抖抖身子，小心翼翼地在士兵们中间逡巡起来，待大伙让开一条路，便腾跃着向雪野掠去，士兵们目送一团滚动的红色火焰，没入辽远。

你强烈感受到，自己的灵魂涅槃过后，和哨卡从此结下不解之缘了。

神 话

○刘建超

——那绝对是一场空前绝后的激战。明德哥说起那场赛事，总是要先抚摩一下那条残腿。

明德哥在老街开了一家牙科门诊。没有病人来时，明德哥就会坐在诊所的门口。阳光暖暖地抚摩着街道，抚摩着街道上来来往往的人流。只要街道上有孩子坐在他的身边，他就会端出好茶，在石板桌上摆上几杯，放几样小点心，开始讲他的那场赛事。

你们想象不到，那是怎样的一场决赛。快二十年的事了，至今我还记忆犹新，历历在目啊。明德哥说到此时，就会眯起双眼，仿佛陷入了那场渐渐遥远的记忆。有等不及的孩子就会问，明德哥，是省运会的足球决赛，对吧？明德哥像是被激醒了，端起茶杯，慢慢地抿上一口，接着说——

是省运会足球决赛。当时的情况非常严峻。咱们市队和省直代表队的金牌数量持平，都在等着最后一块足球决赛的金牌了。市里带队的副市长出征前就立下军令状，要夺得金牌数和总分的第一名。可人家省直代表队是连续三届的金牌老一，也是信誓旦旦要捍卫人家的霸主地位。足球，咱可是没有把握，省直队员中有好几个都是省队的球员，有一个还是入选过国家队的国脚。咱们是啥？清一色的业余队员，集训了不到三个月。可就咱这些业余队员成了运动会上的一匹黑马，一路过关斩将，干倒了上届的亚军、季军，硬生生和上届的冠军碰上了。

明德哥，你是踢什么位置的？

什么位置？前锋。知道吗？我那时的速度，那叫一个快。百米在11秒，我要是抢断突破对方的后卫防线，那就没有人能够追上我，除非他犯规。

明德哥见到有病人来了，就连忙放下手中的杯子，拄起拐杖，把病人往诊所里让，对孩子们摆摆手，你们先坐着喝茶，咱一会儿接着说。

等明德哥送走了病人，出门时，孩子们已经把点心消灭干净早走人了。明德哥就会慢慢地收拾起杯子，自言自语地说，好汉不提当年勇——当年勇喽。

明德哥关了店门，晚饭总是在赛大姐米线店喝一碗鸡丝米线，吃两个肉夹馍。然后回到他那小房间里，打开电视，等着看足球节目。明德哥的屋子里没有啥摆设，一台电视却是老街上最好最高级的，每天的选台几乎都是固定在体育节目。墙上粘贴着大幅足坛明星照，半面墙堆积的全是体育报纸杂志。

我常去明德哥的小屋子里找资料。我喜欢篮球，喜欢NBA，喜欢乔丹和麦蒂。只要是有他们的画页，明德哥都让我撕下带走，但是有足球的文字是一点也不能动的。明德哥常看着我带走篮球明星的画页，说，足球才是男人的运动啊。篮球都是个人在表演花哨的技艺，足球才是完美展现男人勇敢和激情的现代战争啊。

明德哥也是三十几岁的人了，还是单身。我问过明德哥，干吗不给我找个嫂子？明德哥嘿嘿笑着说，我这个样子谁能看上啊？再说了，娶个媳妇儿多一口人，还不得跟我抢电视啊。结过婚的人都知道，遥控器啊，永远都在女人手里拿着，不信，回家去看看。

我还真的回家看了，家里的遥控器还真的总是在母亲的手里，偶尔在父亲的手里，也是母亲一努嘴，父亲就赶快换频道，直到选中了母亲满意的台。有时，父亲想看的台被母亲占着，自己就到街口看别人下棋。我还真的羡慕起明德哥了。

我不知道听过多少次明德哥讲的故事了。那次两军对垒，一方是有着骄人战绩根本不把对手放在眼里的省直队，一方是全凭着一股冲劲闯进决赛的黑马。比赛一开始，省直队就凭借天时地利人和的优势，大兵压境，轮番朝对手的门前轰炸。上半场没有结束，就攻进了两个球。主场球迷的呐喊助威声震耳欲聋，把黑马队的队员都给喊晕了，自己还玩了个乌龙球。上半场结束0比3落后。中场休息，带队的副市长亲临球员休息室，给大家鼓劲，教练啪啪啪地拍着自己的胸脯，激愤得热泪盈眶。队员的火气被点燃了。下半场一开始，个个就跟上足了发条，满场横飞。省直的队员体力明显不支，一个接一个脚底抽筋。黑马队越战越勇，竟然连扳三球，打成平手。加时赛，明德哥快如脱兔，对方后卫根本就阻拦不住。禁区内，在明德哥准备起脚时，对方后卫狠狠地蹬踹在他的左腿上，可以听到骨头咔嚓的断裂声。

点球。明德哥艰难地站起来，稳稳地站在了罚球线上。明德哥说，当时几万人的球场忽然静得能听得到钢针落地的声音。他已经没法助跑，就在原地起脚，球划出了一道优美的弧线，直挂对方球门的右上角。明德哥没有听到欢呼声，他眼前一片黑暗，倒在绿茵场上。队友们去抬他时，看到他的右脚已经整个扭了180度。

明德哥的故事让老街的孩子们很佩服。市里只要有足球赛，明德哥就会被孩子们簇拥着去体育馆，一起欢呼一起呐喊。

我父亲在体委工作，父亲说，市里在历届省运动会上，足球从来就没有进过前四名。母亲说，明德打小就害了小儿麻痹症，从没有离开过双拐。没事多去帮帮明德。

我还是爱听明德哥的故事，爱听他讲那段神话时的神情。

——那绝对是一场空前绝后的激战。明德哥又在讲他的那场赛事。

褒 姒

○陈 毓

一个人太美了会是一宗罪，会被视为不祥。你相信吗？褒姒相信。

褒姒出生的时候她的父亲以为是个男孩，急切地去孩子的两腿间检视，旋即失望了。他哼了一声，又哈了一声，顺手把她丢回到兽皮褥子上。他离开时一角甲胄硌疼了她的腿，她本想哭一两声抗议与撒娇的，但立即打消了念头似的噤了声。她睁大眼睛，仿佛想要看清墙上的松石纹和一只羚羊的图案。但是她的父亲，那个英武威仪的族长，走了，又回来了。他俯身向她，仔细打量她的脸，然后说出那句著名的话：这孩子是个妖精，她美得邪气，这不吉利。这句话注定了她在这个家族的命运。他离开时鬼使神差地又回了下头，这一回头，他只觉眼前一阵金花四溅，他从瞬间的晕眩里醒悟过来，意识到这异样来自她的笑，她对他的笑。他踉跄着出门，像呼吸一样念叨着一个词：妖精。

这一别，他们再也没有见过。后来等她长大，他却战死了。陪他死去的还有家族的许多其他男人。活着的人像遍地燃起的滚滚烟火，这里一堆，那里一堆。后来他们被串在一根绳子上，成了俘虏。褒姒也是其中的一个。她串在黑漆漆的他们之中，却像暗夜里升起的月亮一样光明。那个王发现了她。他喜欢她的美。喜欢是什么呢？喜欢就像把水从河里取回，装进罐子，放在火焰上，然后听水发出吱吱的喊声吧。褒姒这样联想。但她不喜欢那吱吱喊声，觉得那跟圈养的彘被杀死前发出的声音相似。现在，她穿着华贵的环佩叮当的衣裳，她习惯裸着的双脚包在软底的白皮靴子里，她的衣服和鞋子阻挡她到旷野里去。她不再看得见星星，她睡在鲜花环绕的高榻上，在整夜不熄的灯烛的光明中，去亲近那个给她温暖的男人。

但是这个美丽的女人似乎并不开心，王发现了这点。你为什么不笑呢？你为什么从来不肯对我笑呢？你有什么不称心的？王有这么多的女人，但王夜夜只跟你在一起，王给你锦衣玉食，给你最好的屋子最好的床榻，给你王的身体，你还要什么？只要王有的，王都给你！他看着她那张他怎么看也看不够的脸，决然地说。

她看着他，有点茫然地看着他，摇头。她的眼睛像是两汪无限诱惑的深井，让他有跳进去的冲动。他当然要昂然地跳进去。

偶然的，他带她去看烽火台。春天的烽火台，野花和春草四处伸展，大地像一块锦绣毯子。天那么蓝那么高。王看着山下坚固的宫殿绵延的城池，得意扬扬。他向他的妃、他的臣民演讲他的雄心他的壮志。她像每一次那样安静倾听，不打断，不呼应。但他住了嘴，他痴痴地看她，他看见他期盼了那么久，以为已经无望、却终于见到的绚烂现在褒姒脸上。这让她的脸生动如一块稀世的宝石，光华灿烂，夺人心魄。他惊喜地顺着她的目光，探寻唤醒欢颜的巨大力量，他看见她的所见：一匹白马正从地心驰过，向着无限草色，向着天尽头，飘然而去。白马四蹄尘花，万草为之摇曳。

现在，朝中的所有大臣都知晓王的心思，那就是想要爱妃的脸上重现宝石开花一般的笑容。虢石父来了，他给伟大的王出了个了不得的主意，要在骊山上把烽火点起来。想想看，烽火点燃了，众诸侯仗剑荷戟，急急从八方赶来，那气势岂是那匹奔跑的白马能够比及的？郑伯友也站出来了，他劝谏周幽王，燃烽火博美人笑的实验万万做不得，想那烽火台是为了战时救急用的。这样嬉闹的结果肯定会失信于诸侯，为往后埋下隐患。

王看着两个大臣你一言我一语，如看着两只公鸡斗。他常常看见这两只公鸡斗，早就有点腻了。他先是笑着听他们争，再板着脸听，却听出了心思：当年跟诸侯相约有战事以烽火为号的约定还没有机会一试呢，他倒要看看他在这些诸侯心中的位置，试一试他们的忠诚度。谁说不高明呢？

烽火点燃了。狼烟滚滚。风把消息带到远方。王率领臣子妃子在高台上观望。王感受到为王的威仪。王看见他分封的诸侯战马长枪、银甲鲜亮地到来，仿佛是他隐秘的虎威从天而降，拱地而来。王豪壮地大笑，呼应王的笑的，是褒姒脸上噼啪的花开声。王大为满意。王太满意了。

王要将这军事演练进行下去。

这样的军事演练进行到第M次的时候，王没有看见他的后备军从八方潮般涌来，但是这一次，敌人来了。敌人如洪水，势不可当。逃跑时王依然没有忘记他的妃，他要带她飞到没有敌人的地方去，但他们没有翅膀。王被流矢所中，他以手捂胸，感到疼痛的来处。他挣扎着找他的妃，她脸上如宝石开花的绚烂笑容晃花了他的眼，让他片刻忘记了他的疼痛。

碾　玉

○杨海林

讲究的玉工都喜欢说自己就是个碾玉的。

碾玉，那可是个不容易的活计：刀，要选上等的菊花钢锻造，阔五分，厚三分，刀口，还得自己用手磨。

谛视良久，方敢以刀凑石，纯用腕力。一边刻，一边在旁边置一砺石，时时磨刀，使其锋利。如果一刀不入，最多再镌一刀，如果再无玉屑泛起，再好的玉也成废玉了。

可别糟蹋了这块玉呀，赶紧，送给比自己手艺好的碾玉师傅吧。

也有人不这样做，他们有一种秘术，要先把玉石锯成毛坯，然后放入一种药液里浸泡，一般要数天吧。这样，玉材就会像豆腐一样松软了。你想想，在这样的玉材上走刀镂刻，那还不是随心所欲？做成的活儿，再放入木贼草汁里煮。好了，玉石又可以还原成先前的硬度了。

韩玉汝看不上这样的方法，因为他认定自己就是个碾玉的——一个碾玉的师傅，是不屑用这样的手段谋生的。而且，他认为用这样的方式去对付一块玉，是对玉的亵渎，会让玉失去灵性。

玉，是有灵性的呀！如果没有灵性，就成石头了。

眼中有玉，心中有玉，手中，才能有玉。

发现一块玉，韩玉汝总是先放在手中把玩，直到闭上眼也能分得清它的脉络。好了，养玉的这道工序，算是完成了。

眼前，才有个玉雕成后的轮廓。

第二步，育玉。

育玉，可就不简单了。按韩玉汝的说法，得让玉和人产生默契，让玉对人有信心，知道人是为它好，想让它以最好的方式存在于这世上。反过来，碾玉的人，也要让玉传递出它自己的质地和脾性，知道哪儿可以下刀哪儿不可以下刀，哪儿可以冲哪儿可以切，哪儿可以削哪儿可以刳。

人玉合一了。

接下来，才能植玉。植玉，就是碾玉。

这些，都是师傅教给他的。

几十年了，无一不爽。

有人送来两块玉，各长一尺五寸。

是两块奇玉，有香味，很远的地方就闻得着。

以手拂之，香味更加浓郁。一圆一方，光彩莹润。

韩玉汝说此乃一龙玉一虎玉，圆者为龙所宝，生于水中，若投于水，必有虹霓出现；方者为虎所宝，生于岩谷山林，击之当有虎声。

那么，就请您把它们碾成蟠螭和辟邪吧。

韩玉汝说，我试试吧。这样的玉，你给别人碾，我还不放心呢。

养玉。

育玉。

可是，一拿起刀，他的手就索索地抖。

眼中有其形，心中有其影。

一拿起刀，就像要往自己身上冲、切、削、刳。

这样也没错。错的，是自己每次都有一种愉悦的感觉，不像现在，刀一握在手中，浑身就隐隐地痛。

看来，还是自己道行不够。

韩玉汝决定去找师傅。师傅已好多年不做碾玉的活计了。

师傅说此乃一龙玉一虎玉，圆者为龙所宝，生于水中，若投于水，必有虹霓出现；方者为虎所宝，生于岩谷山林，击之当有虎声。

那么，就请您把它们碾成蟠螭和辟邪吧。

你为什么不试试？

我？我……我没有信心呀。

你连自已都不相信，怎么可以相信我呢？

连自已都不相信，怎么可以相信别人呢？

那两块玉，被师傅扔在地上。

各摔掉了好大的一块。

韩玉汝捡起来一看，正好是蟠螭和辟邪的毛坯。

韩玉汝哈哈大笑，回来后将这两块玉碾成成品。

成为绝品。

从此不再碾玉。

大 鱼

〇安石榴

镜湖里有大鱼，不是一般意义上的大鱼。就是说不是一米两米长的大鱼，而是三四十米长的大鱼。

镜湖大鱼的事情虽不及喀纳斯湖大鱼影响广泛，但也终于是沸沸扬扬的了。

这是个噱头吗？抑或是炒作？都不关我的事，我用这样的语气叙述和任何传媒不搭界，只因为……等一下！

我的伯父住在镜湖边，是个老林业，年轻时在镜湖水运厂，专门把刚砍伐下山的原木放入湖中，排好，原木就顺着湖水的流向被运出山外。我从来没亲眼见过水运原木的壮观场面，它像一种灭绝的动植物永远消失了。我只见过一幅版画，不过我觉得好在只是一幅版画。

我的伯父安居山中，和伯母养了一头奶牛、两只猪、三箱蜜蜂、一群鸡、一条狗，侍弄一大块园子。

那一次我到伯父家，正是关于大鱼的传说四处播散的时候，但是从没有人通过任何方式捕捉到它。是的，从来没有。

我走进院子的时候，伯父和伯母正在八月的秋阳里采集蜂蜜。伯父穿着一件半截袖的老头儿衫，露着两只黝黑的胳膊，一只脚踏着踏板，蜜蜂们“嗡嗡”地围着他转。我看得心惊胆战——伯父稀疏的头发里、伯母的鼻尖上都有蜜蜂爬来爬去。

我把照相机、摄像机、高倍望远镜等机械，高高架在伯父的院子里，一排枪口一样对着湖面。在这些事情完成之前我没有说一句话，伯父伯母也未理睬我。

我问伯父："真的有大鱼吗？镜湖就在您眼前，您见过大鱼吗？"

伯父沉吟了片刻，说："你记好了，什么事情都不能让人知道。"伯父把"人"字说得很重，"人要是知道了，就不妙了。要是人不知道这山里有大松树，那些大树就还活着，现在还活着，一千年一万年也是它。人知道了，那些大树就没有了，连它们的子孙也难活。"

我心里当时充满了探索的欲望，打断大伯，说："求您说实话，到底有没有大鱼？"

大伯深深地看了我一眼，不吱声。我突然感到不同寻常的异样。首先是大黄狗，刚才还在我身边蹦跳着撒欢儿，这一刻忽然夹起尾巴、耷拉着耳朵、耸着肩膀一溜烟钻进窗户下面的窝里去了。几只闲逛的鸡抻长了脖子偏着头，一边仔细听，一边高举爪子轻落步，没有任何声息地逃到障子根去了。

我猛地领悟了伯父的眼神，随即周遭巨大的静谧漫天黑云一样压下来。阳光并不暗淡，依然透明润泽，但是森林里鸟儿们似遇到宵禁，同时噤声，紧接着，平静如镜的湖面涌起一层白雾，顷刻一排排一米多高的水墙，排浪似的一层一层涌来，然后……等一下，你猜对了。

大鱼出现了！

大鱼又消失了！

一切恢复原样。

我带的几件现代化机器等于一堆废铁。是的，我没来得及操作。我懊恼地坐在地上，看着鸡们重新开始争斗，大黄狗颠儿颠儿地跑出院子站在湖边高声吠，森林里鸟儿们的歌声此起彼伏。我忽然想：其他动物或者植物该是怎样的呢？

伯父却淡淡地说：“我们活我们的，它们活它们的，互不侵犯。”

又说：“你倒是个有缘的，有时候它几年也不出来一次。”伯母在旁边连连点头。

随后的一个月时间里，我都住在伯父家里。我睡得很少，吃得也很少，基本上不说话，但是心里很静很熨帖。伯父伯母每天仍然愉快地忙碌着，两只猪、一头牛短促的呻吟和悠长的叹息互相唱和，呈现的都是生命的本来面目。

一天晚上，伯母拿出自酿的山葡萄酒，我和伯父喝着唠着，伯父就给我讲又一个惊人的森林故事。

野人？外星人？等一下，别猜了，你猜不对。而且，我和伯父一样，不会说出一个字。

打死也不说。

乡下老鼠

○北　岛

美国有这么个童话故事：一个乡下老鼠请城里的老鼠到乡下做客，用玉米、土豆和谷子招待他。饭后，城里老鼠不吭声，只是请乡下老鼠到他那儿去做客。有一天，乡下老鼠进了城。让他惊讶的是，城里老鼠吃得比他好十倍：干酪、奶油、火腿、蛋糕等。正大吃大喝，城里老鼠惊呼："快逃命，恶猫来了！"四爪狂奔，刚逃过一劫，又差点被满街飞跑的汽车轧死。最后，乡下老鼠喘着气说："我还是在乡下过太平日子吧，总比这好吃好喝可处处担惊受怕的生活强。"

我就是这么只乡下老鼠，整天仰望蓝天白云。五年前终于搬到加州的小镇，定居下来。每回到城里做客，好吃好喝，却还是惦记乡下的太平日子。

和北京相比，我们小镇正算得乡下了。五万来人，除了一家西红柿加工厂，无任何工业。四周全都是农田，一马平川，远处倒是有山——望山跑死马。加州大学戴维斯分校的农学院在全美国数一数二，由于用动物做实验成了绿色和平组织攻击的重点。市内主要交通工具是自行车。本地报纸无新闻，每天公布的空气污染指数表低得让人产生错觉，以为生活在另一个星球上。

我每天是在鸟叫声中醒来的。仔细听去，两只红嘴山雀之间的调情过于夸张，一只喜鹊呱呱地说单口相声，一群麻雀像野小子招摇过市。

住在巴黎，我每天半夜两点准醒。对面酒吧关门，酒鬼被轰出来，在街上鬼哭狼嚎。早上六点二十五分，再次被垃圾车吵醒，赶紧用枕头堵住耳朵，没用。那车重如坦克，轰隆隆震得人心慌。它横冲直撞，似乎要直接开进屋里，把我也装走。这让我想起小时候，家住北京三不老胡同，对面就是家纺织厂，仅一街之隔。到了夏天，厂房上的窗户统统开着，就像一百个喇叭朝我们喊话，用的是最单调的语言。每星期五厂休，静得倒让人受不了，夜里翻来覆去睡不着，盼着人家赶快开工。

要说这和纽约的噪音相比实在算不了什么。前两年某日，我住纽约曼哈顿中城的一个朋友家。半夜三点，一阵清脆的枪声，紧接着是警车呼啸而至，第二天早上看报纸才知道是匪徒交火，一死两伤。你跟纽约人提这个，人家嫌你少见多怪。

别忘了纽约的人是在枪林弹雨中长大的，有极其坚韧的神经。据说要是街上有人开枪，多数纽约人像游击战士那样经验丰富，最多低头哈腰，避开危险。他们随后会骂几句脏话，弹弹灰尘，舒展一下腰肢，继续奔向各自的战场。

我在巴黎被抢过，不多，就一回。那是晚上十一点多钟，朋友开车送我，在东站附近的临时住处下车。我发现两个男人尾随在后，一高一矮。矮个子紧走了两步，和我并排，用蹩脚的英文说："钱！我们有枪！"我往后扫了一眼，大个子把手揣进怀里，那架势不像有枪，倒有可能是个瘩帚疙瘩。我磨磨蹭蹭，刚掏出一百五十法郎，他们就迫不及待地一把夺走，逃之夭夭。第二天我路过附近酒吧，看见那两个业余强盗正用我的钱喝酒呢。

我认识个丹麦汉学家。他头一回去纽约，拿着地图在曼哈顿街头东张西望，突然一个黑人亲热地搂住他，刀尖顶在腰眼上。没辙儿，他只好从上衣口袋往外掏钱，本想五块十块打发打发算了。可美元的颜色尺寸全一样，一不留神，他抽出张一百美元的钞票，黑人一把攥住他腕子。他急中生智，大骂美国的种族歧视。黑人乐了，打了个折扣降到八十块。他接着大骂当时的总统里根，骂得狗血喷头。黑人拍拍他肩膀——哥们儿，你真够意思，降到五十吧。临别，汉学家和强盗互相握手，难舍难分。

能碰上这么通情达理的强盗，那是运气，当然最好是别碰上。自上世纪八十年代初起，大批大陆留学生涌进美国大城市，穷，只能住最差的地区。面对危险，各有各的高招儿。我在纽约见过个大陆留学生，他打扮特别：黑呢大衣，墨镜，黑礼帽压得低低的，歪叼着烟卷，两手揣兜，螃蟹般横着走路——典型的好莱坞电影里上世纪三四十年代联邦调查局探员。虽说这打扮有点儿过时，可还是让恶人心里犯怵，尽量躲着他远点儿。

大理是我的中学同学。他在纽约读了四年书，住哈雷姆——纽约最危险的黑人区。他问我他横刀立马于乱军之中，何以毫毛未损？我猜必是一身功夫了得。不，他神秘地摇摇头，掰着手指头，总结了三条经验：第一条，见到可疑分子聚首，要摧眉折腰，过马路绕着走；第二条，若躲闪不及，要盯住其中可能是头目的眼睛，让他知道你记住了他，以减少犯罪行动；第三条，也是最关键的一条，一旦有人尾随过来，要马上冲向附近的垃圾箱翻找东西。

我不懂。大理嘿嘿一乐，要是你比他还穷，抢你干吗？

雪　画

○王海椿

兖州城外农庄有个书生叫柳应寒。柳应寒家贫，仕途又颇不得意，自恃画得一手好画，却无人赏识，常自怨自叹，恨无知音。

一日，他在田垄间歇息，迎面走来个书生，长得白白净净，眉含英气。书生见他满面忧郁，便坐下和他攀谈。柳应寒向书生诉说功名不就的苦恼，书生好言相劝，句句都说在他心坎上。知己难求，他遂邀书生到寒舍小坐。

柳应寒弄了两个小菜，欲去买酒，书生说不用了，从腰间摸出一个葫芦，斟起酒来，顿时香气扑鼻，令人口舌生津。应寒从没喝过如此佳酿，遂开怀畅饮。席间得知书生姓白名如雪，生于富豪之家，因不忍家父严管，负气离家。

应寒说："为兄若不嫌我家贫寒，就此住下如何？"

白如雪说："好。"

两人畅饮之时，门外飘起雪花。

白如雪赞："好雪！"便磨墨展纸，画了几幅松、竹、梅图。运笔之时，应寒已知书生功底非同小可，泼墨大胆，非常人所为。可如雪搁笔之后，应寒看来看去总觉得几幅画少了一种气韵。在他愣神之时，白如雪已跨出门外，从雪地抓了个雪团回来，放到白瓷碗中，用口一呵，顷刻，雪团融化成水。白如雪净了笔，蘸上雪水，在画上圈圈点点、任意挥洒，几幅画上立时雪花片片，静中有动。雪梅、雪松、雪竹，顿时有了神韵。“真是神来之笔，神来之笔！为兄莫非神人也?”柳应寒赞叹。白如雪说：“这有何难？你也能画。只不过你平时不知个中诀窍罢了。”便叫应寒试试。应寒将信将疑，摸过纸笔，效仿起来，果真不假，清水落到纸上便成了飞雪。

翌日，白如雪嘱柳应寒将画皆以他的名义拿去卖。柳应寒说：“这样不妥吧?”如雪道：“我只求活得逍遥自在，名利于我无用，而你需摆脱眼下处境。”应寒也就不再推辞。他来到集市，将画张挂起来，顷刻就围拢了许多人，赞不绝口，争相购买。

应寒得了好些银两，很是欣喜。便又买了好酒好菜，回家和如雪畅饮起来。之后，他乘着酒兴又作了好多雪景图，如雪也在一旁连连赞好。

他将画拿到集市，又被人抢购一空。

此后，两人常在一起交流画艺。柳应寒大有长进，很快就和白如雪齐肩了。

柳应寒的名气渐渐大了起来。他的雪景画一时被商贾名流争相收藏。

钦差大臣李相亭巡视兖州，闻应寒画名，特意召见。柳应寒当场表演画艺，所画《雪荷》，甚得李相亭赏识。古人画荷，要么是夏日艳荷，要么是秋日残荷，他却画冬日之荷。冬荷也是残荷，可他笔下之荷，泼墨淋漓酣畅，深浅层次皆以用墨浓淡分之。荷叶虽枯，衬以雪景，并无丝毫萧条败落之气。莲梗裹雪，更显荷之冰清玉洁。整个画面只有黑白二色，一方朱印又使画面免去冷清压抑之感，生动异常。得知柳应寒仍无功名，李相亭便封他一个小官，在县衙混口饭吃。得知此讯，白如雪也甚是为他高兴。

后来，兖州县令擢升，得李相亭引荐，柳应寒被封为一县之主。当上县令后，柳应寒就很少回去和白如雪叙谈了，只是时常托人捎些银子回去。

一天，一个衙役跑到大堂，对柳应寒说："大人，有一人在街头卖画，全是仿你的画风，有损大人声誉，请查访。"

柳应寒从官轿下来，发现卖画者竟是白如雪。他说："哎呀，原是白兄，缺钱花向我说一声不就行了，何苦出来卖画呢?"

白如雪道："我卖画又不是为钱，只是找个乐儿。"

柳应寒叫他快收了画摊，跟他到县衙叙叙。白如雪却怎么也不应。柳应寒很是不悦，只好打道回府。

一连几日，白如雪都来县城卖画。

这天，来了几个衙役，二话不说将白如雪的画摊踢翻了，说他冒仿县太爷手笔，骗取钱财。不容白如雪分辩，就将白如雪绑了押回县衙，打进监狱。

不几日，兖州降了一场大雪。柳应寒在府上独自畅饮，乘着酒兴，画了一幅《瑞雪丰年图》：座座村落，尽披银装，柴门红灯，玉树雪墙，一派祥和之气，隐喻皇恩浩荡，恩泽山河。柳应寒摇头晃脑自我欣赏一番，甚是满意，当下差人冒雪送往京城，希望得到皇上赏识。

皇上听说兖州县令、画界名流柳应寒雪天送来雪画，很是高兴。可待他展开画轴，不禁气得胡须直抖。原来，此画哪有什么雪景，却见幢幢茅舍，腐草蓬生，秃树枯枝，显得万般荒凉。分明是讥讽当今皇上昏庸无能。

是日，柳应寒正在备案，忽觉脖子一阵冰凉，他觉得好生蹊跷。一抬头，满堂飘着雪花。再细看，雪花却是从他所作的几幅雪画上飘落，顷刻之间，几幅画上的雪已然落尽，萧索之气令他不寒而栗！蓦然，他想起自己献给皇上的那幅《瑞雪丰年图》，不禁惊出一身冷汗……

猎 手

〇贾平凹

从太白山的北麓往上，越上树木越密越高，上到山的中腰再往上，树木则越稀越矮。待到大稀大矮的境界，繁衍着狼的族类，也居住了一户猎狼的人家。

这猎手粗脚大手，熟知狼的习性，能准确地把一颗在鞋底儿蹭亮的弹丸从枪膛射出，声响狼倒。但猎手并不用枪，特制一根铁棍，遇见狼故意对狼扮鬼脸，惹狼暴躁，扬手一棍扫狼腿。狼的腿是麻秆一般，着扫即折，然后拦腰直磕，狼腿软若豆腐，遂瘫卧不起。旋即弯两股树枝吊起狼腿，于狼的吼叫声中趁热剥皮，只要在铜疙瘩一样的狼头上划开口子，拳头伸出去于皮肉之间嘭嘭捶打，一张皮子十分完整。

几年里，矮林中的狼竟被猎杀尽了。

没有狼可猎，猎手突然感到空落。他常常在家坐喝闷酒，倏忽听见一声嚎叫，提棍奔出来，鸟叫风前，花迷野径，远近却无狼迹。这种现象折磨得他白日不能安然吃酒，夜里也似睡非睡，欲睡乍醒。猎手无聊得紧。

一日，猎手懒懒地在林子中走，一抬头见前边三棵树旁卧有一狼作寐态，见他便遁。猎手立即扑过去，狼的逃路是没有了，就前爪搭地，后腿拱起，扫帚大尾竖起，尾毛拂动，如一面旗子。猎手一步步向狼走近，眯眼以手招之。狼莫解其意，连吼三声，震得树上落下一层枯叶。猎手将落在肩上的一片叶子拿了，吹吹上边的灰气，突然棍击去，倏忽棍又在怀中，狼却卧在那里，一只前爪已经断了。猎手哈哈大笑，迅雷不及掩耳之势将棍再要磕狼腰，狼狂风般跃起，抱住了猎手，猎手在一生中从未见过这样伤而发疯的恶狼，棍掉在地上，同时一手抓住了一只狼爪，一拳直塞进弯过来要咬手的狼口中直抵喉咙。人狼就在地上滚翻搏斗。狼口不能合。人手不敢松。眼看滚至崖边了，继而就从崖头滚落数百米深的崖下去。

猎手在跌落到三十米处时，于崖壁的一块凸石上，惊而发现了一只狼。此狼皮毛焦黄，肚皮丰满，一脑壳桃花瓣。猎手看出这是狼的狼妻。有狼妻就有狼家，原来太白山的狼果然并未绝种啊。

猎手跌落到六十米处，崖壁窝进去有一小小石坪，一只幼狼在那里翻筋斗。这一定是狼的狼子。狼子有一岁吧，已经老长的尾巴，老长的白牙，这恶东西是长子还是老二老三？

猎手在跌落到一百米处时，看见崖壁上有一洞，古藤垂帘中卧一狼，瘦皮包骨，须眉灰白，一右眼瞎了，趴聚了一圈蛟虫。不用问这是狼的狼父了。狡猾的老家伙，就是你在传种吗，狼母呢？

猎手跌落到二百米处，看见狼母果然在又一个山洞口。

…………

猎手和狼终于跌落到了崖根，先在斜出的一棵树上，树咔嚓断了，同他们一块坠在一块石上，复弹起来，再落在草地上。猎手感到巨痛，然后一片空白。

猎手醒来的时候，赶忙看那只狼。但没有见到狼，和他一块下来已经摔死的是一个四十余岁的男人。

给洋妞算命

〇刘　齐

洋妞是在美国的一家酒吧里遇见的。

酒吧极小极破，只三五个糟老头儿，坐着露棉絮的高脚凳喝酒，谁也不理谁。付费点歌机唱着一支慢节奏的伤感老歌，估计寿命不比中国的《何日君再来》年轻。她就坐在点歌机旁，是屋里唯一令人心动的形象。她的年龄和装束应属于较豪华的场所和震耳欲聋的迪厅，可她却蔫巴巴地坐在这里。

老板隔着柜台，醉醺醺地和我握手，说："见到你很高兴，越南人。当年在岘港，我们一定见过面。"

我说："你在岘港时我正在中国东北。"我想说那时我是知青，又怕还得解释革命和路线，就说："我是农民。"

老板非常兴奋："那你就给我看看手相。"

我不知他根据什么认为中国农民就一定会看手相，也不准备答应他的要求，因为我于此道所知甚是皮毛，不料我嘴里说的却是"没问题"。

老板在柜台上摆出一罐百威啤酒："说对了你今晚的酒免费。"

我瞟了一眼那个姑娘，发现她也在注视我，容貌还算姣好。便大声命令老板伸出左手，并强调"男左女右"的必要性。

我甚至不知道所谓的生命线、爱情线、事业线各处什么位置，但这并不妨碍我信口开河。给男人算爱情没劲，算生命太麻烦，得统筹兼顾夜啼症和前列腺肥大。只好算事业。

我胡乱指着老板的一条掌纹，语气诚恳地夸奖他从小就志向远大，要强，不服输，及至青年时代已练就了相当的本事。

老板凝视着我，频频“Yes”。他不可能不“Yes”，这个世界再变化，也没有一个人认为自己是蠢货，东西方概莫能外。

但是——我终于“但是”了。

我严肃指出，由于运气的缘故，老板历经坎坷，竟无法一展宏图。有几次眼看就要得手了，却功败垂成。而昔日那些同伙，尽管暴发得令人不快，论才能却远不及您阁下。

老板叹口气，喃喃对一个老头儿说：“这家伙算得还真准。”

我暗自得意，心想，即使最有名望的手相家，面对一个越战老兵，一个如此凄凉的酒吧的经营者，说的也不会比我高明到哪里。

老头儿们开始交头接耳，不时用浑浊的目光打量我。

那位年轻女子有点坐立不安，似乎对某件事情犹豫不决。

我尽可能优雅地向她微笑一下，她便站起身，袅袅婷婷走来，请我也给她看看手相。

蒙住了老板有酒喝，蒙住了小姐有什么?

我边想边建议姑娘跟我坐到台球桌旁——那儿清静无人，光线幽暗，更容易营造神秘气氛。

两人落座后，姑娘伸出左手。

我说不行，女的得看右手。

姑娘踌躇一下，坚持说她就看左手。

那就左手——你不在乎，我在乎什么?

我轻托她冰凉的手背，只三秒钟便煞有介事地说：“小姐，你的爱情不顺哪。”

“你怎么知道?”姑娘吃了一惊。

我心说，爱情顺了你一个人跑这儿坐着干吗？嘴里却说，是掌心的爱情线比较特别。又说，有不少小伙儿追求她，其中不乏英俊之士。

姑娘冷冷地点头，像一个高傲的公主，至少像一个不爱管理人的大家闺秀。

我受到鼓舞，进一步发挥想象力，说她对追求者过于挑剔，以致痛失良机，如今，有一个最爱她的情人已经悄悄走了。

姑娘这时指尖微颤，显得很激动，问我可知那情人是谁？

这个问题太具体，有相当的风险。

我沉吟片刻，选了个模糊系数较大的答案：关于那情人，他呀，是一位很有品位的绅士。

姑娘突然疯狂地大笑起来。

笑毕，眼中有亮晶晶的物质闪耀。

俄尔，她疲惫地说，她的情人也是位姑娘，病死了，今天刚好周年。她俩就是在台球桌旁相识的，死者当时是这里的侍女。

离开酒吧时，我将两美元压在那个喝了一半的啤酒罐下。

老板又要握手，并呜噜噜地说：“见到你很高兴，越南人。”

关　仪

○杨小凡

药都上千家经营中药材的商号，数伏波堂实力最强。伏波堂的大掌柜姓苏，是洞庭湖岸君山人氏。生意如何发达起来大多商号也不太明白，只知道伏波堂已在药都经营百年有余了。只是药都的几大特产白芍贡菊白桑皮等向外埠发，并不在药都市面出售一味药材。这就给人一种神秘的色彩。尤其是苏大掌柜，更让人另眼相看。他言语特金贵，几乎没有人见他说过话。即使开口了，也是轻言慢语，与他那颀长的身材绝不相符。

苏掌柜有一个最大的喜好，就是爱喝茶，而且单喝家乡的君山贡茶。君山其实是座小岛，在洞庭湖中，与岳阳楼遥遥相对。岛上大小七十二座山峰起伏叠翠，沟壑回环，一墓一印二楼三阁四台五井三十六亭四十八庙整整一百个古迹被竹木掩映，远远望去，整座君山就是一幅风光秀美的图画，别具一格地浮立于烟波浩渺的水中。道教称之为十二福地。君山最有名的是山产一种名茶，曰君山贡尖。此茶嫩绿似莲心，见水若银针。这种贡尖每年只产十八斤，自乾隆以来专供清廷。现在不同了，废了朝廷，大药商苏掌柜就能喝上了。人常说没有好茶师就没有好茶，说的就是茶道。苏掌柜就有一个茶师，姓关名仪，身高七尺，白面女相，儒雅倜傥。苏掌柜在家就专门泡茶，苏掌柜外出——当然苏掌柜是很少外出的，但他外出时关仪就会身佩单剑，手拎一红木方盒，紧随其后。剑是佩饰，佩上剑人显得更为英气。红木方盒中则是一套茶具。苏掌柜出门从不喝别人家的茶，他一生只喝君山贡茶。

药都是个大商都，什么生意都有的做，什么人都有，什么传言也都有。不知从什么时候，关于伏波堂的苏掌柜和他的茶师关仪就越传越玄，有人说苏掌柜是名门望族，长兄在大总统府里做官，药材都走到海外了。更让人感兴趣的是，茶师关仪是当今武林高手，说茶师其实是苏掌柜的保镖，有人说见他在月夜舞过剑，那绝对是天下第一剑。

这一传言，被刚换防而来的日军小队长鸠山次郎知道了。他酷爱中国剑术，而且也曾苦练过。于是，他决定要与关仪比试。可这一切，苏掌柜的茶师关仪却一点儿也不知道。

这一日，苏掌柜刚用完早点，茶师关仪正要泡茶，门房疾步来报，大门外有一剑客要见关仪。苏掌柜停了片刻，低声道："让他进来！"剑客步履沉稳地来到堂前。苏掌柜抬眼一扫，细声说："先生找关仪何事？"剑客抱拳一晃："在下人称'北海道第一剑'，到中国来还没有对手，听说你剑法超人，意决一输赢！"苏掌柜又看了一眼这个日本剑客，说声："要是不比呢？"鸠山次郎一脸轻慢："那我就动兵杀了你们！"苏掌柜朗朗地笑了："那好吧，关仪你就和他比划比划！""掌柜的，我……"关仪面带难色刚要说什么，苏掌柜道："就这样了。先给我泡一杯茶来。对，也给这位东洋人泡一杯。"

关仪一听泡茶，立马变成了另一个人，走到左边的茶台前，来茶台前一站，一个清朗、庄严、绝俗、无念的人洋溢了出来。君山贡尖是讲究品与观同步的，因而用的是晶莹剔透的玻璃茶具。泡君山贡尖要有九道程序，每一道都有一个美妙的称谓。关仪静气寂神，一一做来——银针初探，湘妃流泪，龙泉吐珠，针落无声，壶旁听涛，风平浪静……整整一个时辰，茶才泡好。茶放在苏掌柜和剑客面前，只见：茶叶如针齐聚水面，芽尖朝上，芽柄下垂，随后缓缓降落，竖立于杯底或悬浮于水中；少许芽头忽升忽降，上下交错，蔚然趣观，慢慢沉聚于杯底，芽尖向上，似群笋出土，如刀枪林立，芽光水色浑然一体。端起杯子，经泡过的芽头随水动而散展嫩叶，芽头与嫩叶交角处夹一晶莹透明气泡，似雀嘴含珠，香气清郁而上。

苏掌柜呷了一口茶，微笑着说："关仪，这个东洋人品了你的茶，该你出手了！"关仪并没有从刚才的泡茶中醒来，听苏掌柜一说，便摘下茶台后的剑，风一样飘到堂外。见鸠山次郎已手握剑柄，便双手相抱，说声："让你久等了。"接着，脱下马褂，小心折叠好，再把金表摘下放好，再一颗颗地解下长衫的扣子，脱下长衫，竖两折，横五折，叠得方方正正，放在与马褂并列处，然后，弯腰拂了拂裤口，拂了拂有些皱褶的马裤，再次抱拳相请。之后，从案上提起剑，慢慢地慢慢地抽出，专注地端详了一下剑锋，静目以待。突然，鸠山次郎转身向外疾去。关仪却木在了那里。

不知过了多长时间，苏掌柜笑盈盈地走了过来："我料你能战胜他的！"关仪这才醒过神来说："掌柜的，我……我可是不会剑哪！我刚才觉得只是又泡了一道茶。"

"茶剑同道嘛，你胜他靠的不是剑法呀！"

自此，关仪就成了人们传说中的剑侠了，但也从药都城消失了。

你们为什么这么懒

〇安　勇

早晨醒来时我咽了一口唾沫，忽然很想吃煎鸡蛋，就冲着窗外喊："芦花，芦花！鸡蛋，鸡蛋！"不大一会儿，我家的芦花鸡跑进屋，捧着两只鸡蛋递过来："新鲜的，刚下的，一只是我的，一只是黑花的。"

我喊了一声："碗来！"一只青花瓷碗推开橱柜门从里面走了出来。我喊一声："蛋去！"两只鸡蛋摇晃着胖胖的身子走过去，一只先跳起来，"咔嚓"一声撞在碗边上，歪歪身子，把蛋清和蛋黄倒进了碗里。接着，第二只也学着第一只的样子"咔嚓"了一下子。我喊："筷子！"两根筷子靠着肩膀从筷筒里跳出来，很快把鸡蛋搅成了合格的蛋糊。我喊："油！"油瓶子自己拧开盖子，偏偏脑袋倒了一些进炒锅里。我喊："火！"火快乐地燃烧了起来。

油不一会儿就烧开了，发出了"刺刺"的声音，屋子里忽然充满了油烟味。我有些生气了，呵斥："抽油烟机，你还在想什么？"抽油烟机这家伙忙不迭地应一声，诚惶诚恐地转动起来，开始抽屋子里的油烟。碗看出我脸色不太好，没等吩咐主动把蛋糊倾进了锅里。我喊："铲子！"铲子从墙上跳下来，晃晃锃亮的脑袋站在炒锅边，不时翻动一下锅里的鸡蛋。"盘子！"盘子装好了煎得焦黄的鸡蛋，踱着方步，走到我的面前。

我还不打算起床，所以就没喊衣服。躺在床上吸吸鼻子，煎鸡蛋很香，让我很有食欲。我冲着盘子里的煎鸡蛋喊："过来！"一块煎鸡蛋高高兴兴地凑到我的嘴边，我张张嘴吃了下去。吃完鸡蛋后，我眼皮子打架，很快又睡着了。

再醒过来时屋子里有点黑，可能是到傍晚了。我喊：“灯！”灯自己点亮了。肚子吵个不停，一声接一声地“咕咕”叫，我命令肚子不许叫，想了想，准备吃一只鸡。在芦花和黑花之间我权衡了一下，最后喊了一声“黑花”！黑花嘴里答应着跑了过来。我喊：“拔毛！”黑花手脚很麻利地把身上的毛都拔净了。我喊：“去厨房！”黑花光着身子，自己走进了厨房里。我喊：“刀！”刀寒光一闪，抹了一下黑花的脖子，又三下五除二地开了膛。我喊：“火！砂锅！调料！水！”黑花就炖进了砂锅里。过了一会儿，香味飘了出来。我实在太饿了，吃掉了几乎一整只鸡，只剩下一只鸡爪子和鸡头。吃完后，我又舒舒服服地睡着了。

又睁开眼睛时，不知道是早晨还是晚上。我打个哈欠，扭头四处看了看：头顶上的灯开着，地上一堆鸡毛，厨房地上溅满了鸡血。盛过煎鸡蛋的那个盘子没有洗，落了好几只苍蝇。带血的刀扔在菜板上，刀和菜板上也落了几只苍蝇。砂锅敞着盖，一个盆子里装着吃剩下的鸡头和鸡爪子，厨房的地上还扔着鸡肠子和鸡骨头……

我大发雷霆，喊了一声：“灯！”灯听话地灭掉了。我喊：“苍蝇！”苍蝇“嗡嗡”叫着问我干什么。我说：“赶快出去！”讨厌的苍蝇笑了笑，“对不起，我们不归你管，不能听你的话！”我喊苍蝇拍。苍蝇拍四处飞着扑打苍蝇，结果打碎了棚顶上的灯。我喊：“垃圾筒！”垃圾筒答应一声问我干什么。我说：“收拾屋子！”垃圾筒说：“收拾屋子不归我管！我只负责装垃圾！”我喊：“拖布！”拖布说：“我只会拖地，不会收拾屋子！”我喊：“黑花！收拾自己的毛、血、肠子、骨头！”黑花半天没应声。我又大声喊了一遍。盆里的鸡头回话说：“对不起，黑花已经死了，没办法干这些事。”我喊水让它洗碗洗盘子。水说：“对不起，我干不了这事！”我喊盘子、盆子、碗让它们自己洗自己。这几个家伙一起说：“没办法，我们洗不了自己。”

我暴跳如雷，大吼道：“那这些活儿该谁来干，你们为什么都这么懒?”

半天，屋子里除了我愤怒的回音，还是一片静寂。看来，我得自己收拾了。从床上坐起来，我下意识地喊了一声：“衣服!”衣服躺在旁边无动于衷，我只好自己穿上。

文　人

○宗利华

论起来，嵇康、阮籍和钟会都是文学圈的人。

但前两位，都有点瞧不起后一位。他算只什么鸟？简直糟蹋文字。这个贵公子，写诗，不过是个走仕途的手法。但一开始，钟会这人还算谦虚。有作品，就想请大腕指点。可大腕都不好接近。阮籍喜欢装聋作哑，说话模棱两可，让人难把其脉。而嵇康，平素只给他眼白观摩。钟会写了《四本论》，想拿给嵇康斧正，到他家门外，老觉得腿肚子哆嗦。于是，隔着墙，给他扔进去。嵇康拾起来，顺手就丢进茅坑。

至于嵇阮二位“竹林七贤”老大级人物，互相倒还钦佩。嵇康就曾晃着脑袋感叹，阮籍这老家伙，从不说别人缺点。我想学，都学不来！

他的确学不来。他这人，骨头比铁还硬。而阮籍办事，就灵活多啦！

比如，大将军司马昭分别露出请他俩出山的意思，无非聘个文化名流给自己脸上贴金。

司马昭什么东西啊？

他篡夺曹氏政权之心，路人皆知。

两人都不想理他。

阮籍的做法是，装疯，卖傻。他每天都泡在酒楼。偶尔，还揽过老板娘来，讲些荤话。那一次，嗬，更猛！脱得一丝不挂，在一间空屋子里，仰躺成一个“大”字，给观众表演行为艺术！他还振振有词：我以天地为房舍，以屋宇为衣服，你们干吗钻我内裤？

对他这举动，司马昭先笑，后骂：文人，都他妈有病！

可嵇康就不同。

司马昭知道这人嘴硬牙更硬，先托嵇康的朋友山巨源去做思想工作。

山巨源一进门，瞧见嵇康光着膀子，在院子里那棵歪脖子柳树下，打铁。

名人锻炼身体，都与众不同。

嵇康本来就“萧萧肃肃，爽朗清举”，肌肉又搞得像练过健美，加之文采斐然，精通音律，难怪曹操的曾孙女看他第一眼，就想扑进他怀里撒娇。

嵇康明白好友来意，当下就拉长老脸。次日，写封长长的绝交信，打发人送给山巨源。把司马昭和老朋友，一并给得罪掉。

司马昭气得咬牙。司马昭就想，早晚，让你死在我手！

看来，纯文人，不屑于搞政治。

但文人里头，也有天生钻营仕途的。

没想到，那钟会三拐两拐，成了司马昭的心腹谋士。钟会成谋士之后，却开始谋算嵇康。因为，嵇康也曾彻底得罪过他。

钟会约好一帮子文学青年去拜会嵇康。那家伙抡着大锤，在那里丁丁当当，挥汗如雨。嵇康的好友向秀，俯首拉风箱，满脸是灰。俩人一边忙活，一边有说有笑。一帮子文人傻乎乎围一圈，看了老半天。那两位却旁若无人。钟会的脸色青一阵白一阵，怏怏而走。嵇康这时才问：“何所闻而来，何所见而去?”钟会站到门口，并不回头，狠狠地说：“闻所闻而来，见所见而去!”

你看，钟会这人，也还不是彻底的半吊子。

但嵇康算是彻底把钟会惹恼了。

文人算计文人，向来不择手段。

这简直是怪事儿！

钟会就去对司马昭说，嵇康这人，卧龙也。不可用。

司马昭眨巴眨巴眼睛，没说话。心想，这我还不清楚？不说别的，冲他是曹家门上的女婿，我就不能容他！

但历史上任何政客要拿文化名人开刀，都要掂量，都要谋划。

譬如，司马迁得罪刘彻，也没掉脑袋，却让人把裆内物品切了去。白脸曹操杀文人手段更巧妙，文学愤青祢衡惹他生气，他玩个借刀杀人。孔融、崔琰、杨修也被他相继灭得有理有据。

司马昭终于等到机会。

嵇康的朋友吕安犯事，被关进大狱，把嵇康扯了进去。钟会听说消息，一路响屁跑到司马昭面前，说："不诛康，无以清洁王道。"

这句话，直接把嵇康送上断头台。

杀嵇康、吕安那天，洛阳城内人声鼎沸，三千太学生联名上书，要求不杀嵇康。

自然，就被驳回。

吕安跪在那里，以头撞枷，撞出鲜血，我死不足惜，可连累嵇兄，让我如何能安心九泉？嵇康却仰面看天，哈哈大笑。正午阳光，火辣辣照在他脸上。

嵇康说，没你这事，我照样得死。

嵇康喊，为我取琴来！

不一会儿，有人递一古琴上来。嵇康探手抚琴，头再次缓缓抬起，眯眼睛去看太阳。再低下，双目已紧闭。蓦地一下，一个琴音径直弹入每个人的耳孔！偌大一个东市，除却琴音，不闻一丝杂声。

——是他精熟的《广陵散》！

那刽子手怀中抱刀，眼神渐渐晦暗。一线刀锋，微微抖颤。

音律突然加快，似乎夹杂刀枪铁马。每个人眼里，有厮杀，有鲜血，有仇恨，有火焰。音律戛然而止！嵇康十根手指顿住，却见血线溅出，连同几丝绷断琴弦，缠缠绕绕，在阳光下，灿然飞舞！

嵇康仰着头，挺直脖子，叹道：“《广陵散》，如今绝矣！”

遥远的大殿里，司马昭浑身震颤一下，眉头紧锁。他打量一眼钟会，钟会也在看他。钟会从他眼里，看出悔意。

那天晚上，五十三岁的阮籍再次喝得找不到北。不久，阮籍病逝。

又过几年，钟会也被司马昭杀掉。

司马昭背着手，自言自语，你他妈太阴险啦，还想超过我吗？

半小时的故事

○陈永林

何猛提着个鼓胀胀的包下了火车，出了站，却不知去哪儿，就傻傻地站着，眼神迷茫而焦虑。何猛原本是个裁缝，农闲时上门给人做衣服。但现在的人都喜欢买衣服，何猛接不到活儿。光种两亩薄田，能混个肚儿圆就不错了。何猛听说省城许多制衣厂招人，就来到了省城。

何猛不知道他已被几个人盯上了。

一个漂亮的女孩偷偷打量着何猛。这人长得太像小雄。小雄是女孩以前的男朋友。小雄是个警察，在追捕歹徒时挨了几枪，牺牲了。小雄闭眼前拉着女孩的手说："忘了我吧，有更好的男孩值得你爱。"女孩想，要找就找个像小雄一样的男孩。何猛感到脸上烫烫的，一看，一个漂亮的女孩正含情看着他。女孩的目光同何猛的目光碰上了，女孩慌乱地收回视线，脸无端红了。女孩想，这男孩长得真英俊，不能再错过了。女孩以前已错过了几个长得像小雄一样的男孩。

一个五十岁的男人也在打量着何猛。男人是一家规模极大的公司的老板。他一见何猛就喜欢上了，这小子长得高大、英俊，看样子显然是找工作的，若让他来公司当保安，他准会愿意。他的公司目前倒不缺保安，只是那些保安一个个尖嘴猴腮，个子又矮，让他心里别扭。保安的形象就是公司的形象。他想同那个小伙子谈谈。

一个脸上有刀疤的男人指着何猛对一个平头男人说："大哥，你看那男人怎么样？块头那么大，又一副好人相，若干活儿，警察不会怀疑他的。”平头男人看了一眼何猛说：“这小子块头倒大，不晓得长没长胆。干我们这活儿，要长着豹子胆才行。好吧，你去试试他。”

此时的何猛已感觉到有几个人盯着他看，何猛心里更焦虑了，他弄不明白这几个人为啥老看着他？那女孩难道是小姐？何猛听村里外出打工的人说，城里遍地是“鸡”，尤其在火车站，“鸡”更多。她们都宰人，不宰得你身上只剩下一条裤子决不罢休。可那女孩不像是小姐，瞧她那么爱脸红，目光那么羞怯，说她是纯洁的天使也不过分。再说那个五十岁的男人，很像个大老板，可他这个大老板为啥总盯着自己看？还有那平头，那疤脸男人，一看就不是正经人。他们不会抢自己的东西吧？自己衣着这么寒酸，又提着个包，显然是找工作的，找工作的哪有什么钱？他们的眼光不会那么差。看样子他们倒像做大坏事的坏人，还不像贼眉鼠眼的小偷。那疤脸男人朝这儿走来了。唉，管他们是什么人，还是早些离开这鬼地方好。

何猛提起包，往前走。疤脸男人喊：“哎，哎。”何猛立住了。疤脸男人手里拿着一只花瓶：“要花瓶不？”何猛摆摆手，疤脸男人不罢休：“你不买不要紧，看一下吧。这花瓶是上好的青瓷。”何猛不接花瓶，疤脸男人硬把花瓶往何猛怀里塞，花瓶掉地上碎了。比何猛矮半个头的疤脸男人抓住何猛的领子：“你赔我的花瓶，赔我的花瓶！这花瓶值 2000 块钱。”何猛苦着脸求疤脸男人：“大哥，我身上哪有 2000 块钱？200 块钱我倒有。”“那就赔 500。”何猛想，还是破财消灾吧。何猛从内衣里掏出钱包，拿了 500 块钱递给疤脸男人。疤脸男人见何猛的钱包里还有几百块钱，就凶巴巴地说：“再给 500。”何猛哭了：“大哥，行行好，放了我吧。”疤脸男人说：“放你可以，你得跪下叫我一声爷。”何猛扑通一声跪下了：“爷。”疤脸男人踹了何猛一脚：“裆里没长肉的胆小鬼！”疤脸男人又把何猛的 500 块钱摔在何猛脸上，走了。

这一切都被那个漂亮女孩和那个五十岁的男人看在眼里。

女孩心里说，他一点儿也不像小雄。若是小雄，准会同那个疤脸男人拼个鱼死网破，决不会蔫不唧儿地跪在地上求饶。女孩极其失望，头也不回地走了。

那个五十岁的男人心里也说，这小子枉长了一副好身架，是个金玉其外、败絮其中的绣花枕头。他还不如我公司那些尖嘴猴腮的保安。男人也叹着气走了。

疤脸男人对平头男人说："大哥，那男人是胆小鬼。若他入了我们的伙，要是被警察抓住了，准把我们全出卖了。"

这一切发生在半个小时内。

假设何猛同那疤脸男人打起来，那么何猛的人生就得改写，他准能赢得爱情。但他是当公司的保安，还是同疤脸男人一起贩毒？倘若当那家大公司的保安，那他反抗得值，他既有了工作，又拥有了爱情。倘若他被疤脸男人拉入了伙，那他失掉的却是生命。那样的话，他还不如这样下跪求饶的好。

塞翁失马，焉知非福？

几天后，何猛没找到工作，钱用得差不多了，便回了家。何猛再没外出打过工，安心在家种田。

两年后，他同一个平常的女孩结了婚，过起了平凡的日子。

骑　马

○包兴桐

我们不知道，为什么村里没有马。

没有马，我们就骑牛，骑羊，骑猪，骑狗，骑鹅，骑凳子，骑扫帚，骑扁担，骑树杈，骑人。有的人，看了大戏，就学着戏里的样子，裤裆一提，手里的竹枝一甩，嘴里喊着“驾驾”，就算是骑马了。

在这么些东西里面，人是最听话的。两个人只要说好了，就可以互相骑来骑去。所以，我们还是比较喜欢骑人。早上，会有很多人骑着他的“马”神气地从村子里穿过，他们有的唱歌，有的大声说话，有的嘴里不断地喊着：“驾——驾——”可是，一出了村子，一到了上山的路上，“马”上的人就要赶紧滚下来，让他下面的人骑着。刚才在村子里，在大家面前很神气的人，现在只好被他的“马”骑在下面，低着头不说一句话。他知道，还有好长一段山路要走。当然，也可以不当马，但那要帮他的“马”看半天羊或割一担柴。最合算的可能要算阿井，他整天在村里骑着阿开，到了山上，也不用帮阿开做什么，只要愿意让阿开找他五个姐姐中的一个玩就可以了。

最不听话的可能要算牛和猪。牛太高了，脾气又大，又喜欢甩尾巴抬屁股，骑在上面，一不小心就会被甩下来；猪喜欢低着头，又会拱，一看有人骑它，它就到处乱钻。骑牛骑猪的人，常常不知道自己下一步会在哪里。骑牛骑猪实在不是件容易的事，所以，骑着它们也就最神气。我们平时只能偶尔骑一下猪或牛。只有阿管和阿达可以整天骑着猪和牛。阿管他爸爸是猪倌，他家养着一头公猪，壮得像只狼狗，走起路来都是“哼叽哼叽”地响。老猪倌经常赶着那头公猪给人家母猪配种，平时，阿管就骑着那头公猪到处拱。老猪倌说，有阿管骑着，可以让它平时老实些。有事没事，阿管就会骑着他家那头大公猪在大家面前走来走去。大家说，阿管生来就是猪倌的胚。

骑牛的人要多些，但真正让自己的两只脚整天闲着，却只有阿达一个人。我们只是偶尔爬到牛背上骑一会儿。大人们说，牛是容易被骑伤的；再说了，骑了一会儿，牛们就不乐意了，就要甩尾巴抬屁股。

可是，阿达的那头牛，好像巴不得阿达整天骑着它。它跟阿达真是太好了，大家都说那就是阿达的老婆。

“阿达，你老婆被你养得可真好。”大家看到阿达骑着他的牛过来，就笑着说。

“没办法啊，它娇贵得很，脾气大得很，我不能不把它养得好。”阿达骑在牛背上一晃一晃地说道。大家觉得他这是在故意叫苦。

“你可不要身在福中不知福啊。”大家差不多是异口同声地说，“你看我们的脚，整天要像拐杖一样在泥里水里戳来戳去，你看你的脚，像两根腊肉一样整天挂在牛背上晃来晃去，不挨泥不沾水，多舒心。”

“我就知道，我说了你们也不相信。我这真的叫有苦说不出啊。我现在就差去讨饭了。”阿达说。他座下的那头黄牛睁着大大的圆眼，很温和地看着大家，好像是要听听阿达到底要说什么。

“你看，你看，你又来了。再说，你就是讨饭，只要有这么听话的畜生，你就是讨饭也神气啊。”

“唉，你们不知道，它现在都成精了。牛嘛，本来就是吃草的，吃素的，可是它倒好，它要喝牛奶，喝肉汤喝鱼汤。最难侍候的是，每天吃饭，每一样菜都要先让它尝尝新。我阿达什么时候这样侍候过祖宗了？这样，我都可以养山魈了。”

“你们不知道，它现在不在牛圈里睡觉，它要到屋里来睡觉，大概是觉得外面不安全吧。现在，它要吃点夜宵才睡觉，它要躺在我旁边才睡觉，要听我说一会儿话才睡觉。”

“妈的，你这小子真是好福气。你那牛，真神了，比人还懂事。”大家边听边感慨。

“你们以为我乐意整天骑着它到处走——也许开始真的是这样，可是，后来，现在，我一点都不想。现在，我最想的是什么时候能安安心心地在家里休息一会儿，拿把椅子坐在院子里看看小鸡啄食，躺在床上看看天花板。可是，它整天要我骑着它这儿走走那儿走走。好像每天都有风景等着它出去看看，每天都有朋友熟人等着它出去见见，每天都有好吃的东西等着它出去尝尝。要是我一天不骑着它出门，它就会在屋里开始‘啪啪’地甩尾巴，然后就踢脚，然后就叫，然后就流泪。所以，我每天只好骑着它走来走去。”

“这牛真神了……阿达这小子……”大家互相低声地说。

“你们不知道……”

不管阿达怎么说，甚至好像要流出了眼泪，大家还是觉得他是得了天大的便宜在卖乖。大家觉得，有这么一头比人还灵性还娇贵的牛，睡梦都会笑出声来。唯一觉得他真的值得同情的，是村里小老头阿起。可是，阿起的同情又是值得怀疑的。因为阿起是村里从来没有说过想骑牛的人。

“阿起，你什么时候也找个东西骑一下。”大家常常这样对他说。

“我骑了，我不是整天都骑在我的双腿上吗？”阿起说，“有这么好的两只脚，却那么麻烦地去找那么粗糙的四只脚，我才不干。”

阿起很小的时候就会说这样的话，所以大家都叫他小老头儿。

学术女这样炼成

○蒋方舟

在大学里，我的自我定位是学术女，因为我觉得这种成功模式比较省事。我可以不必为了做美女，只吃以毫克计量的食物；不必每天早上搭配时装时，都面临超越自我的巨大压力。我也不用做社工达人，常常为组织各种活动奔忙，背着巨大的塑料展板也要做出麻利活泼的样子，在每个寒冷的风雨夜归来后怀疑生活的意义。我只用练习一种神秘莫测的表情。每当老师在课堂上举例说到某位美索不达米亚哲人时，我能回应给他一个心照不宣的隐晦微笑就可以了。

周围所有的人都认可了我的学术地位，因为我每次发言都是一场对词语的大规模洗劫，张口就是“底层空间”和“单面向社会形态”。在成功地把自己变成一个讨人嫌的人之余，我也获得了褒贬不明的感慨。大家常对我说：“你学术水平真高。”

每每以小组为单位展示成果，需要找一个发言人时，大家总是第一个想到我。展示之前，大家不忘叮嘱：“待会儿发言时，你只需要继续说你擅长的那套很吓人的词，把老师和观众都忽悠倒就可以了。”

听到这话，其实我有微微的心酸，觉得自己不再是个人，而是个沉甸甸的大规模杀伤性武器，被发射出去，俯冲进人群，杀得人们晕头转向。

“你是怎样变成这样一个学术炮弹的？”同学曾抱着讨教的心态问我。

他是法律系学生，十分困惑伤感。每当他以旺盛的兴致试图加入同学间的专业探讨时，总是得到一片夹杂着烦躁的呼吸声的沉默。他被隔离在校园高傲的知识分子群体之外，因为被嫌弃不够“学术”。

我告诉了他我的秘诀。我读书，在每个以“主义”结尾的词上重重地画上圈；我看到长长的外国人名就激动得热血沸腾；我只要看到复杂的、张牙舞爪的数学模型，就赶紧抄在本子上，还激动得笔尖直抖。每每学会一堆新的术语名词，我就迫不及待地拿出去炫耀，有时是在课堂上，有时是在听讲座时。一宣布提问时间，我就以将要把自己发射出去的姿势举手发言，滔滔不绝地讲上十分钟，以把所有学会的术语用上为追求，然后酣畅得意地问：“请问您怎么看?”在座的同学就纯情天真地望向主讲，看他怎么应答。

最好笑的是，每次上课或讲座结束，总有一个和我一样装了一大堆名词和长句却没机会倾倒的学术达人找我交流。这种交流经常是双方把一盆盆名人名言和巨大词汇往对方身上砸去，凶狠劲儿就像打雪仗一样。如果名词快用光了，没有武器掷向对方，我就说：“这种说法倒很新颖，可是从特定历史维度上看，也具有狭隘的内在缺陷。”

我语重心长地告诉想走学术路线的同学：“其实全部的奥秘，说穿了就是速成的机械作业。”大家跳上一条条流水作业的传送带，术语与概念按照工序，规律而有效率地倒进他们的器皿中，然后封口成罐头。老师和教授戴着质检人员的袖标站在流水线终端，把每个罐头都掀开看看，丈量每个词汇的长度，然后印上“合格”的标签。

我是一个学术女，我心虚地这样自称。高级形容词堆砌起我微薄的优越感，不让人看出我一无所长；佶屈聱牙的长句严密地保护着我，不让人看出我的自我思考能力已经悄悄萎缩；一连串作古的哲学家掩护我，不让人看出我只是一颗装满词汇的炮弹。

想到这里，我越发惶恐和心虚，下定改变自己的决心。一次课堂讨论，坐在我对面的人又开始源源不断地向我抛射艰深语言。我没有愤而反击，只是平静宣布：“请说人话。”我仿佛听到自己“扑哧”一声，轻盈地跳下高速运转的学术流水线。

镜　子

〇谢志强

英俊的王子继位第一天，就宣布三日后出兵征讨判军。可是，一连三天，他做了同样的梦。梦里他遇见一个月光般的女人，有哈密瓜一般圆润的胸部，有牛奶一般白皙的脸庞。梦中的女人似乎在呼唤，却听不到声音。于是，年轻的国王想到了婚娶，他决定寻觅这个女人。

三天后，国王率兵出征。刀光剑影里，他暂时遗忘了他的念想。他望见将士如同高粱秆那样纷纷倒在他前边，知道遭遇了他的对手。他策马冲过去。不出两个回合，他就挑掉了对手的沾满血花的刀。

对手落马倒地，还笑着说：红花绽放了。

国王一手摁着对手，一手举刀抵着铠甲的胸口，欲刺入。

对手说：暂缓动手。

国王说：你祈求真主的宽恕吧。

对手说：你不想知道我是谁吗?

国王说：你终归一死。

对手摘掉头盔，露出一头瀑布般乌亮的长发，一张牛奶般白腻的脸容。

国王立即想到了梦中的女人，好像她是梦中走出，立在了他面前。

接着，姑娘脱去了铠甲。阳光下，那罩衫隐约地裹着花苞似的乳房。

国王的刀脱手坠地。他亲吻了那樱桃般的嘴唇。他说：一个女子怎么那样凶残？

她说：我父亲已战死，自小，我习得父亲的武艺。

国王说：我还以为你的对手是你父亲呢。

过后的三天，国王宣布了特赦令，并疏散了叛乱的士兵。而且，宣告准备举行婚礼。他陪着姑娘漫步在那片绿洲里，偶尔，双双闯入沙漠狩猎。她骑马如一阵狂风，操起刀，就像换了个人一样，还有，她面对战场流血的尸体，又喊又笑的形象，时不时浮现在他的眼前——她喊：红花绽放了。她缺乏他梦中的温柔，却有他梦中的美丽，他还是忍不住爱上了她。

婚后，寝宫里，国王撤掉了所有的武器，甚至金属的器皿。他担心那可能唤醒她厮杀的欲望。他俩确实过了一段平静的生活，只是，那个梦见过的女子又不断闯入他的梦了。还呼唤他，却无声。

一天，国王吻别了王后，说要去各地巡视。

王后说：你去寻找一个人吧？

国王说：你怎么知道？

王后说：夜里，你在喊。

国王说：你不也喊了吗？红花绽放了。

王后说：那不一样，你已经厌倦我了？

国王说：你在王宫等候着我吧。

国王微服出了都城，仅带了一个忠实的侍卫。他不知要去何处。到了一片绿洲——小镇或村庄，他就向当地居民打听：有没有见过一个人。他详细地描述他梦中女人的形象。得到的回答都使他失望，可是，他不愿放弃那无边的寻找。

这一天，国王来到一个热闹的小镇。恰逢小镇的巴扎。他照样沿街打听，说着不知重复多少遍的话，他察觉，这个小镇很奇怪，人们根本不愿回答他的提问，仿佛在回避他。

国王暗忖，一个不愿回答提问的地方，说不定藏匿着他苦苦寻觅的答案。他择了客栈住下来。他认定找到了梦中女子生活的地方。他期望在来来往往的人流中看见她。他相信自己一眼就能认出她，只要她出现。

晚间，月亮升起，却躲在树影后边。月光洒满了冷清的街道。国王听见一阵一阵哭声，似隐似现。他独自循着哭声前去，甚至，他想象着发出哭声女子的形象。他已将渐渐明朗的哭声和他梦中所见的女子组合起来。他想起梦中女子的呼唤，呼唤背后是痛苦的境况——一定碰上了什么灾祸。

突然，国王看见两个黑影，不等他反应过来，他已倒地。他如同狂风中的树。他的眼睛一疼，爆炸那样溅出液体。他挥动着双手，一片空，他什么也看不见。他摸到了挂在脸上的眼珠。

国王握着眼珠，起初，他沿着墙，慢慢挪步。随后，他闻到寒凉的夜风中携带着的沙漠的气息。他迎着风，不知过了多久，他能感觉阳光的温暖，他想象一轮太阳升起来，那是沙漠尽头的地平线。而且，他的脚能判断出已踏入了沙漠。

于是，国王又听见风送来的哭泣声。他已经熟悉了那个声音，他还辨析出哭泣中夹杂着另一种声音：流水声，不，是泉水，沙漠里的清泉。不过，他的想象中，那是女子的泪，女子的泪。

哭泣声渐渐弱了，而泉水声明朗起来。他的手终于接触了那个声音——温热的泉流，带着硫黄气味。他捧起泉水，喝足了，又把整个脸浸入泉水里，他想象泉水渐渐洇开了红。

他吓了一跳，因为，他旁边响起女人的喊声：红花绽放了。

王后?！他想。他抬起脸，用手抹着一脸的水珠。眼前，朦胧的红。他揉揉眼，那红逐渐清晰，最后，红里浮出一个女人——他的双眼复明了。

眼前站着一个女子，俨然是他梦中的女子。似乎是王后的翻版。梦的镜子照出了现实，他想。他第一印象，知道她并不是王后。她的眼睛有点红肿，一定是失却了什么人。

女人的旁边，是青青的草地，鲜花盛开，都是红色，他刚才听见她的一声喊，似乎是鲜花突然都绽放了——她，惊奇地喊出了那句话。不是王后，却喊出同样的话，连声调也那么相似。

她望着他，那眼神没有陌生。她说：这是明目泉。

国王说：可是，你怎么用哭来呼唤我？

她说：我爸爸死了，昨天太阳落下去的时候，我再没有亲人了。

国王看到她在微微颤抖，说：你别怕，我不会伤害你。

她说：我，我害怕……

国王：怕什么？

她说：血。

国王：这里没有血。

她说：你的脸，脸上有血，我害怕血。

国王蹲到泉边，女人撩起泉水，清洗他眼睛附边的血迹。他的脸感到柳条拂过水面轻柔。

国王说：我们一起走吧。

双双回到了王宫。王后一脸的惊愕。两个女人对视了片刻，那一刹那，仿佛对方是一面镜子。

国王想起了两个女子都喊过的话：红花绽放了。他还想起最初的梦里的底色，遍野红花，那花有点血色，这个省略了的背景，现在他忽然想起来了。

翌日，国王打算与两个女人共进早餐。可是，只来了那个明目泉边邂逅的女子，好像她是王后的影子，他在她身上看出了王后缺乏的温柔。

侍从送来一张便笺。王后的笔迹。王后坦白了她差遣杀手剜去了他的双眼。她毫不隐瞒她的嫉妒。她想阻止他的寻找。现在，她表明她该消失了，她用消失来自惩——她本该死在他的刀下。

国王焚了便笺，看着明目泉边那女子，突然，他操刀击碎了堂间的一面镜子。

瘦　子

○周德东

炎黄县一个偏僻的村庄。黑色的窗帘里，亮着一盏暗淡的灯，灯下，四个人在赌博。

三个胖子，一个瘦子。

这是一个秘密的赌窝。户主叫黄三，是个光棍儿。

三个胖子经常来这里。

他们分别是附近三个镇的大赌徒。这个瘦子来到炎黄县，放出话来，要大赌。

最初，三个胖子不信任他，让他亮亮底。结果，他们都被镇住了：瘦子的上衣和裤子里面，密密麻麻都是口袋，装满一捆捆钞票。

于是，三个胖子把他领到了这里。

其实，他们早密谋好了，要合伙坑这个瘦子。

他们来的时候，黄三不在家。不过没关系，他们都有钥匙。

传统赌法，麻将。

那桌子是专门为赌博做的，每一面都有一个抽屉，用来装钱。

瘦子出奇的瘦，像根竹竿。他的脸色苍白，坐在那里毫无表情。

可能是赌徒们抽的烟太多了，房子里有一股纸灰的味道。

瘦子的钱像流水一样流进三个胖子的口袋。他一直垂着眼帘打牌，没有任何表情。

四个人屁股下都是旧椅子。三个胖子太重了，他们的椅子不停地“吱呀吱呀”叫，只有瘦子的椅子没有一点声响。

夜越来越深，纸灰的味道越来越浓。

终于瘦子的钱全部输光了。他被掏空之后，变得更瘦了。

一个胖子直了直腰，揶揄地对瘦子说：“还赌吗？”

“不赌了。”瘦子说。

三个胖子都有点疑惑。他们以为这个家伙是个高手，没想到，他就这样乖乖地输光了，而且输光了就不再赌了，一点挽回损失的念头都没有。

另一个胖子说：“按照我们这里的规矩，你还有一次机会，不知道你想不想要？”

瘦子似乎并不重视，他毫无表情地问：“什么机会？”

“你还可以拿命赌一次。”

瘦子叹口气，说：“去年夏天我跟人家赌钱，最后就用命做了赌注，已经输掉了……”

三个胖子几乎同时抖了一下。这时门“吱呀”一声开了。三个胖子像惊弓之鸟一样都飞快地转过头去看——是黄三。

黄三笑嘻嘻地说：“你们三个人赌什么哪？”

话音刚落，房子一下就陷入了黑暗中。

一个胖子颤巍巍地说：“我们是四个人啊！”

“明明是三个人嘛。”黄三一边说一边摸黑找着什么。

过了好半天，一个胖子说：“你干什么呢？”

“我找蜡烛。”

“你他妈快点啊？”

“我就放在这个抽屉里了，怎么不见了呢？”

又过了一会儿，黄三终于把蜡烛找到了，他“刺啦”一声划着一根火柴，把蜡烛点着。瘦子坐的那个椅子已经空了。

三个胖子顿时面如纸灰。借着蜡烛的光，他们都下意识地低头看了看——他们的钱都不见了，包括刚刚赢来的钱，还有他们自己带来的赌资，都变成了纸灰！

他们惊恐地四下巡视，哪里都不见那个没有表情的瘦子。

他们面面相觑，最后，目光都落在了黄三的脸上——他坐在了那个空椅子上，端端正正，毫无表情。

他好像已经不是黄三了。

坐在他两侧的胖子都朝后闪了闪。

他似乎受到了一种神秘力量的支配，木木地伸出双手，一边“哗啦哗啦”洗牌，一边木木地说：“现在，我借黄三的命，继续跟你们赌——赌你们三条命！”三个胖子起身夺门而逃，两把椅子被撞翻，“噼里啪啦”倒在地上……

一个高级骗子，把三个赌徒洗劫了。

他分给了黄三一小部分。

拜　石

○张晓林

米芾到雍丘做县令来了。

刚来的那一个月里，同僚们都觉得这个县令很风趣。譬如有这样一件事。元祐八年五月，雍丘闹了蝗灾，属下向他报告这件事，他笑着说："我已访察清楚，我县的蝗虫很悯农，只吃麦叶不吃麦实。"

渐渐地，同僚们对米县令就有了一些看法。

这一年，苏轼由扬州赴京城任职，途经雍丘，米芾设宴为他洗尘。

酒宴摆在雍丘县衙。

酒是好酒，东京樊楼的眉寿；厨师也是好厨师，是米芾遣手下小吏专程从京城遇仙楼请来的名角。

酒宴上，二人的旁边还各设了一条长桌。桌上摆着笔、墨、纸、砚。

苏、米挽手入席。米芾拍着长桌上的宣纸说："你我各三百纸，以遣酒兴！"

苏轼微笑颔首。

二人吟诗为酒令饮酒。每饮酒三杯，即离席挥毫一番。米芾特意挑了两个精干的小吏，专事研墨。可是到了后来，酒兴越来越高，作书也越来越快。两个小吏全身的本领都使出来了，犹嫌跟不上趟儿！

黄昏。酒尽。纸尽。二人各携了对方翰墨，一笑而散。

第二天，米芾的同僚：县丞、主簿、团练、县学教谕、衙役等，纷纷走入内衙，向米芾讨要苏轼书法。

米芾装糊涂，闭门谢客。

大家吃了闭门羹，心里对米芾窝了一肚子火，背地里说话就少了一些遮拦。

有一次，御史台御史徐天翔来雍丘视察刑狱。县上的狱吏受宠若惊。这可是接触上峰的一次好机会呀！按大宋官场惯例，米芾到场作陪。

徐天翔还是个砚台爱好者。

视察完毕，徐御史提出想看看米芾的藏砚。

米芾瞅着徐天翔邋遢，脸上露出老大的不乐意。狱吏扯扯他的衣襟，他才勉强地点点头。

在米氏砚馆，徐天翔眼都看花了。

这时，发生了一件出人意料的事。

临出门，徐天翔一扭头，看见桌上有一台新砚，他走过去，把砚拿在手里，来回瞧了个遍。

瞧过，他想试一试这方砚台是否发墨。“呸！”他朝砚心吐了一口唾沫，又拿起墨锭，来回磨几下。

米芾脸白了。

试罢新砚，徐御史笑吟吟地朝米芾拱手，嘴里说：“告辞！”

米芾喊住了他。“把这方砚台带走！”

徐御史以为米芾以砚台相赠，嘴上客气道：“不敢，不敢。”

米芾对书童说：“扔到窗外去！”

徐御史这才明白怎么回事，气得嘴角哆嗦大半天，也没能说出一句话。

狱吏回去，病了一场。

类似的事情接连发生几起后，东京的官员没人再愿意来雍丘了，即使路过，也绕道而行，同僚们这才意识到，有米疯子在，他们的仕途算完了。

他们开始合算，瞅机会得把米芾轰出雍丘。

机会来了。

米芾喝了酒，身穿七品官服，手持朝笏，朝着县衙门口的一块奇丑的石头连拜了三拜。嘴里还说：“石兄，我拜你，是因为你一身硬骨呀，观当今世上，人不如石啊！”

很快，同僚们联名参了米芾一本，说米芾癫狂无德行，有辱朝廷体面，不宜再做本地父母。

不久，米芾罢官。

朝中有人曾为米芾开脱。说他喝醉了酒，神志已经模糊，不应在这件事上抓小辫子。

米芾却摇头说：“不，我很清醒。”

月亮的情人

〇徐常愉

爹和娘操劳了一生，也争吵了一生。一生劳作在乡间的爹娘似乎一直在用争吵来排解内心的苦闷和乏味。我已经无从整理爹娘争吵的原因，它们就像身后的脚印一样杂乱而琐碎。但我清晰地记得一直以来自己对爹娘争吵的束手无策，因此，我的心里总装着沉甸甸的愧疚。

这种疼痛在中秋节前夕，又在我的心头生起。我在给娘的电话里得知，最近爹娘又吵了起来。娘没有向我诉说争吵的原因，却着重提了争吵的后果——爹在跟娘争吵后，竟卷起自己的铺盖卷搬到山上果园里的窝棚里去住了。而此时，娘的诉说中全然没有了争吵的气愤，只是对爹倔强脾气的无奈。想起已近七旬的爹娘心情的不畅，心里不禁一阵酸楚。

中秋节放假，回老家。

老娘接我到村口，见了我，脸上聚集起那苍老而熟悉的笑容。待我走到她跟前，她颤抖的右手情不自禁地向我的头伸过来。待我明白她的用意，低下头时，娘却又把手收了回去。大概是她突然意识到我已经长大，再用那样的爱抚方式有些不妥了。娘牢牢地牵住我的手，把我向家的方向领去。一路走来，娘向我絮叨了一路，无非是絮叨一些鸡毛蒜皮的小事。却由于她思维的不畅，许多话重复了好几遍。我一直在叮嘱自己必须有足够的耐心，我想天下所有的娘都是这样絮叨的，作为儿子我必须对这样的絮叨予以足够的尊重。

可是，爹的耐心经得住漫长岁月的考验吗？他可是与娘在一起时间最长的人啊！这是我一边听着娘的絮叨，一边偷偷地想的问题。

到了家，娘仍然津津有味地絮叨着，似乎是终于找到了诉说的对象，不过足瘾是决不肯罢休的。不过，我不得不打断娘的话了。因为我始终还没见到我爹呢！我问娘，我爹呢？娘一副不情愿的样子道，果园呢。我对娘说，我去果园看看我爹。娘瞅了瞅挂钟拦住我说，甭去，那老东西快回来吃饭了。哦？我疑惑地瞅了瞅娘。娘嗔怪道，那个老东西除了跟我怄气之外，什么也不耽误，一顿饭也落不下！我听了，长舒了一口气，看来爹并没有真跟娘怄气。

果然，不一会儿，爹回来了。爹嘴里咬着烟斗，背着手，直冲冲地进屋，路过在外屋做饭的娘的身边，却瞅也没瞅娘一眼。我微笑着迎上去，他也是板着脸嗯了一声而已，然后，上炕倚着窗台只顾抽烟。

怎样打破着尴尬的局面呢？我一筹莫展。必须承认，在调节爹娘关系这个环节上，我是个蹩脚的儿子。

晚饭是沉闷的。我几经努力想打破沉闷，都无效果。而且，一直滔滔不绝的娘，此时，也没了絮叨的兴趣。

爹吃饭很快，吃完了，点着烟斗，便慢悠悠地出门去了。我企图唤回爹，可无济于事。眼睁睁看着爹出了大门口朝果园的方向走去。娘大概是心疼我的失望，竟又来了气，嗫嚅着骂道，老东西，爱死哪死哪去，甭管他！

我回过头来劝娘说话别太刻薄。没想到，把娘的眼泪劝了出来。娘竟委屈地说，我看那老东西是变心了，嫌我老了，不中用了，瞧不上我了……

我一怔，心想，娘怎么会有这样的想法呢？爹要变心干吗要等到现在呢？记得我读初中的时候，对感情的事懵懵懂懂地知道了一些，便对爹娘的感情担心了许久。总担心爹娘会吵着吵着，矛盾激化，走到离婚的地步。然而，随着年龄的增长，我开始佩服起爹娘来，看着身边朝聚夕散的年轻人，总觉得爹娘很了不起。

看着娘伤心的样子。我知道，无论如何，我都得赶紧把爹从果园劝回来。

秋月已经挂上了树梢，月华伴着晶莹的露珠洒下来。夜有些凉了。走进果园，看见满树的红富士好像姑娘羞红的脸蛋儿，一股暖流立刻从心中流过。闭上眼睛嗅一嗅那醉人的芳香，我贪婪得不愿意挪动脚步。

终于还是强迫自己睁开了眼，我把目光挪开，正要往前走，突然看见了爹。开始，我不相信自己的眼睛，待我停下来仔细一看——那确实是我爹。

爹并没有在窝棚里，而是仰躺在外面的山坡上。而且——爹是赤裸裸地躺在山坡上。我又揉了揉自己的眼睛，却仍然否认不了爹那熟悉的身形。我悄悄地走近爹，爹一点儿察觉都没有。于是，我又看见了爹微闭着双眼，满脸洋溢着温情和幸福。同时，爹的双手紧紧环绕在胸前，好像在与谁拥抱着。而在爹的上面，只有天空，天空中挂着一弯娇媚的弦月。

一时间，我顿住了，不知所措。心里开始重复娘的话。难道爹真的变心了？然而，纵然是爹真的变了心，我又能如何呢？看得出，爹是把月亮当做了自己的情人。或许爹不知道“情人”这个角色，但我想，他一定从月亮那里得到了久违的温馨、体贴和理解。而这其中是否蕴涵着几多无奈和酸辛呢……

我脚步轻轻地离开了果园。

到了家，我对娘说，娘，你去做月亮的情人吧。娘听了我的话，愣住了。看着娘茫然的眼神，我快速思考着该怎样将我跟娘的谈话继续下去……

黔之虎

○申　平

古代某天。著名的黔之驴——那头只知道用后腿踢人的“庞然大物”，轻而易举被贵州的一只小老虎吃了。吃了也就吃了，黔之驴自认倒霉便是，却有个叫柳宗元的文人无事生非，摇动笔杆写了一篇文章，结果黔之驴雪上加霜，贻笑千古。

那么，黔之虎吃了黔之驴以后的情况怎么样呢。柳宗元不知道，我知道。且说黔之虎吃掉黔之驴以后，跑回窝里美美地睡了一觉，醒来犹觉余香在口。它想：我吃的这怪物到底是个什么东西呢，这么好吃的东西它是从哪里来的呢。黔之虎伸了一个懒腰，慢慢地走出洞来，冲着远处吼叫了三声。一时山鸣谷应，百兽哑然。

过了一会儿，也有虎啸声隐隐传来。原来老虎虽然各占山头，但是它们彼此之间还是有联络的。黔之虎刚才通过吼声传出的信息是：俺在山上吃了一个从来没见过的怪物，它是灰黑色的，长耳朵，大脑袋，个头特大，叫唤的声音特响，它的肉味道真是好极了。周边的老虎回应说：吹牛吧你，俺们才不信哩！

黔之虎又吼了一声，意思是说你们等着，我去取那家伙的脑袋来给你们看。它就一蹦三跳地来到了吃驴的现场。没想到现场早被其他野兽搞得一片狼藉：驴头不知去向，只有四个小碗一样的蹄子躺在那里。黔之虎悻悻而去。

在接下来的日子里，黔之虎就成了一只吹牛虎。伙伴们不断发来信息，要过来看怪物头，但是黔之虎拿不出，只好保持沉默。这天，黔之虎的妈妈母老虎来看儿子了。它是来儿子的领地进行考察，准备帮它洗清罪名的。母老虎认真听取了儿子的汇报，又去现场看了四个蹄子，它立刻冲群山吼叫，严正声明儿子的确没有撒谎，怪物是真实存在的。

母老虎就是母老虎，它进一步考察了周围的环境，最后断定：这个怪物不是本地的东西，一定是人类从什么地方运来的。其中最大的可能性就是来自江上那些往来穿梭的船只。

母老虎的判断使黔之虎的眼前一片通亮。在送走了母亲以后，它每天的功课便是在江边的山上逡巡，注意观看过往的船只，希望再有一只傻大个被送到岸上来。

然而，第二个黔之驴一直没有出现。

黔之虎每天都在希望和失望中交替度过，它常常趴在山冈上，两眼定定地注视着脚下滚滚的江水和往来的船只。它无法想象外面的世界到底有多大，为什么会有那么好吃的怪物。时间长了，它开始对那些两条腿的人产生了浓厚的兴趣。虽然母亲告诉它，这些人万万招惹不得，但它偏偏不信。它很想找个机会和人类接触一下，因为只有通过他们才能找到怪物。

没想到这样的机会说来就来了。

一天，江边停下了一艘大船，大船上下来了许多人，那些人从船上抬下了一些铁笼子。然后，这些人就带着几条狗还有长枪短棍向山里走来。黔之虎明明预感到这些人来者不善，它应该立刻逃之夭夭。但是好奇心以及它对怪物的思念却使它乱了方寸。鬼使神差，它竟然故意让这些人发现了它。

那几条狗先是冲它叫了几声，接着就夹起尾巴拼命躲藏；那些人在见到它的一瞬间更是惊慌失措，对着它刀枪并举。黔之虎站在一块巨石之上，它没有吼叫，却对那些人摇摇尾巴，摆一摆头，做出一副友好的姿态。那些人似乎受到鼓舞，就开始千方百计接近它，扔一些肉食给它吃。黔之虎起初当然不吃，但是后来它突然嗅到一股久违的味道。对了，就是那怪物的味道。黔之虎小心地尝了一尝，不错，正是那个味道。于是它就毫不客气地将肉吞了下去。这时它听见那些人欢呼起来：哇，它喜欢吃驴肉啊，快快拿来！

这是黔之虎第一次听到“驴”这个词，它此后的生活被这个词彻底毁了。

简言之，那些两条腿的人真是大大地狡猾，他们用驴肉一步步地引诱，最终将黔之虎诱骗到了铁笼子里。当铁笼门咔嚓关上的一刹那，黔之虎什么都明白了，但是一切都已经晚了。

黔之虎后来被装到船上，运到了一个大城市里，专供那些两条腿的人来观赏。这天，居然有个老头骑了一头驴来看它。黔之虎终于再次看见了这个梦寐以求的冤家，这个罪该万死的冤家啊！不想那驴看见黔之虎，竟是一脸无辜，还冲它呜哇乱叫哩。黔之虎便把满腔悲愤化作了一声怒吼，登时山摇地动，日月无光。吓得那些两条腿的人到处乱窜，吓得那驴抖做一团，哗哗地撒下一泡尿来。

出售时间

○金晓磊

那天虽然是礼拜天，但K城的绝大部分上班族还在忙着加班，学生们都在培训班里补习功课，连一些老头儿和老太太也没闲着——在证券交易所听专家分析股票走势。所以，对于从天而降的载人氢气球，只有一小部分悠闲的人看见了。

连同载人氢气球一起出现在K城上空的，还有从氢气球上直挂下来的大红条幅。红条幅的正反两面，是这样几个雪白的大字：出售时间。

那个人从氢气球上下来以后，立刻给大红条幅换了另一种氢气球，然后，取出一根长长的绳子，一头系在氢气球上，一头系在自己的腰上，最后，沿着横穿整个K城的商业大街行走起来。

于是，大街两边高大的写字楼里的加班族，透过玻璃窗，看见了莫名其妙的四个大字——出售时间，行走在K城最繁华的大街上空。他们忙着互相询问起来：又出什么事情了？今天是什么特殊的日子？

很快，消息就通过各种渠道汇集过来：原来是一个从S城来的叫卡付卡的怪人，想用他自己的空闲时间，替K城忙碌的人们完成符合法律规定的切实可行的各种心愿。比如，代替客户去看看乡下的双亲；又比如，帮客户去K城的名胜古迹实拍些影像资料回来饱饱眼福；再比如，为客户去4S店做汽车维护和保养；等等。最后，按工作时间，或者按工作量收取一定的K币。

K城的人们，听完这个消息以后，都跳着欢呼起来。

第一个打进卡付卡服务热线的，是一个年轻的女子。她说：我叫黛比。你能帮我去相一回亲吗？得到卡付卡的确认以后，她提供了约会的时间和地点，并提出了自己的要求——尽可能多地了解那小伙子的情况，并带张照片回来。

卡付卡准时赶到了约会地点，和那小伙子说明了情况。小伙子倒也不恼，说：想了解什么，就请提问吧。我以上帝的名义发誓，一定如实回答。

谈话进行得很顺利，很愉快。小伙子几乎是把所有的家底，都一股脑儿地抖搂出来。

卡付卡握着那小伙子的手，一个劲地说：谢谢，谢谢！

黛比在拿到卡付卡提供的详细资料以后，脸上笑成了一朵花。

她说：真想不到你的工作效率这么高，工作成效这么好。我真是太感谢你了。我愿意付您双倍的酬劳。同时，我现在决定，同意这桩婚事，并委托你全权代理我们的结婚典礼。

卡付卡说：这……这好像不太合适吧。婚姻大事可不是儿戏，你考虑成熟再联系我吧。

黛比说：就这样决定了。再说，我也没那么多的时间来考虑成熟。你办事，我放心。到时候，你只要通知我结婚的时间就成！

最后，黛比又加一句：钱，不是问题！

钱不是问题，那所有的问题就都不是问题了。最后，黛比和那个叫莫哈的小伙子的婚礼举办得相当成功。就如同烟花的开放，虽然时间短暂，但热闹灿烂。

这场婚礼，同样给卡付卡的"出售时间"业务，带来了空前的广告效应。接下来的日子，卡付卡工作室的几条服务热线电话，都快被打爆了。

卡付卡连夜赶回了S城，招聘了更多的工作人员来K城工作。

业务量还在增加，业务范围还在进一步扩大。有顾客居然提出了去买彩票之类的要求。从S城招聘的工作人员还在源源不断地赶来。

K城一时人满为患，连上个厕所都要排好长时间的队——打电话到卡付卡工作室雇人排队上厕所的业务应运而生了。

整个K城成了一个巨大的旋转陀螺，把S城的很多人都卷了进来。

这个时候，卡付卡早就不用亲自做业务了。

那个阳光灿烂的午后，一个熟悉的声音跳进了卡付卡的耳朵里。

是黛比。

黛比说：新婚之夜一直到现在，我都忙得没时间和莫哈同房。我突然厌烦了这样的生活。我想请您亲自出售时间帮我生个儿子，好吗？

一阵沉默之后，卡付卡爽朗地笑出声来：亲爱的黛比，我很乐意。你来S城最大的天然浴场找我吧。现在，偌大的一个浴场就我一个人，我正想找个人陪我一起晒日光浴呢……

人与鸟

○高　军

怎么就越来越多呢？他常衔一竹柄的黄铜烟袋锅，在夕阳滑下山去的意境里，吧嗒几口，嘟囔几句。烟末燃尽，在鞋底使劲磕几下，复装上旱烟末，又点上，双眼透过脸前的悠悠青烟朝山下看。

山下，干农活儿的人正陆续收工回家，步态悠闲。偶尔有羊群过去，牧羊人来到他身边，见他迷迷瞪瞪的，站定，问，张老三，什么越来越多？

过半天，见他似未听见，拔腿走去，也自语道，这人看山看傻了。

从年轻时就过上了看山的日子，不知不觉中，40多年过去了，竟因此也未找上个女人过生活。以前，山林茂密，野兽出没，飞鸟不时地掠过蓝蓝的天空。眼下，除了山下的人多了以外，树、兽、鸟越来越少了，稀了。

在山下，一遇见人，他就问，人怎么就越来越多了呢？

看好你的山就行啦，别瞎操心了。人多了好啊，人气旺啊。人说。

好……好？他大睁着眼，呆呆的，愣愣的。

不好你别做人啊，不就少一个啦。人话里的刺亮起来，利起来。

他问，不做人做什么？

做狗做猪，做牛做马。人用手向周围一划拉，爱做啥就做啥呗。

他瑟缩着躲向一边。不，不好。

人皆大笑起来。

是的，人是太多了，是不能再做人了。他紧紧地皱着眉头，然后头一点一点，上半身向前一倾一倾，腚撅得老高，上山去了。

沉默了几天，磕出了一大堆烟灰后，他觉得还是做一只鸟好。

谁知这么一想，他真的化做了一只鸟，飞上了天空。他很奇怪，怎么说飞就飞起来了。扭头一看，两条胳膊变成了两只翅膀，上面长出了长长的羽毛；两条腿也变成了鸟腿，细多了；且长出了尾羽。

他一边飞翔，一边想，这样太好了，太好了。地上这么多人，如果人像我一样化做鸟，人不就少了？这样，鸟不就多了？

他感到年轻了许多，心里又朦朦胧胧地有了想找老伴儿的欲念。发现鸟类，他就飞去合群。但他一降临，鸟们就呼的一声，飞走了。他的高兴化做了苦恼。

这日，微风和煦，艳阳高照，他正在树林上空飞翔，猛听嘭的一声枪响，一缕青烟在不远处升起，“呱——”一声凄厉的尖叫，鸟儿重重地落在地上，美丽的鸟儿在地上抽搐，血正往地上渗，一片殷红。

他快速地向下飞去，想赶快帮帮这只受伤的鸟儿。

你……你……受伤的鸟惊恐地张大眼睛。

别怕，我们是同类，我只想救你。他说，我是来救你的啊！

你怎么长了一张人脸？你是人装的。求求你快走开，别再伤害我啦！我不指望你救我。正是你们人类刚刚用枪打伤了我。

他脑子里一片空白，我怎么还是人啊？我不能要这张脸了。

你快走啊！受伤的鸟儿浑身哆嗦着，歇斯底里地吼了一声。

他只好飞了起来。他发现，下面几个扛猎枪的人正在快速地向四处搜寻。

有个人突然发现了他，你们快看，天上飞的是什么？众人一起抬头，啊，鸟，稀奇，人面的，我们发现了一种新玩意儿！

几管猎枪同时举了起来。

他看到，几只黑洞洞的枪口跟着他慢慢移动……

墙中人

〇十八须

他就坐在某个学校的围墙里。最早发现他存在的是一群学生。大家都以为是一幅画得不错的油画。确实画得不错，五官清晰，立体感十足。身上的衣服破破烂烂，怎么说呢，像个街头流浪汉。或者干脆说，就是一个街头流浪汉的肖像，身上的衣服是混搭型的，前卫而先锋。头发乱七八糟，像稻草。脸上不太干净，一看就知道很久没有洗脸了。最吸引人的是他那双忧郁的眼睛，深邃得像两个湖泊，简直让人一看，灵魂就会沦陷进去。

当然，说话的学生只是开玩笑。然而，墙里的他不好意思了，他在众目睽睽下转过身去，留给学生们一个背影。

所有的学生一时间都停住了呼吸。他们的眼珠子差点掉到了地上。后来终于有人回过神来。“他在动!”

“肯定!”

“是不是见鬼了?”

“也许。”

一群学生惊恐地跑进学校。过不多久，又有更多的学生跑了出来，还有好奇的老师。他们围得水泄不通。每个人都在用手机拍照，录制他在墙里活动的视频。因为墙里的流浪汉明显是个内向的汉子，不习惯这么多人的注视，他在墙里一边走动，一边用手遮着脸。然而，他走到哪里，好奇的人就跟到哪里。从他手脚并用的程度来看，在墙里走动是很艰难的，行走的速度还比不上一个三岁的孩子。当然，这很正常，在砖头水泥和沙粒之间行走，肯定比不上在花丛中跳舞那般自在。让学生们遗憾的是，在围墙的那一面，也就是在校园里，就看不到这个墙中人。

好多学生忘记了上课，直到有老师跑出学校。学生们回学校了，几个老师却拿着数码相机出来了，他们拍得更清晰。

当天，这段超自然的视频就传遍了全城，接着又传遍了全国。当然，外地人相信的不多。他们大多认为是一种光学现象，或者是一种魔术。本城的人却都相信了，因为他们可以跑到现场观看。

然而，没有人能解释这到底是怎么回事。学校里，城市里，网络里，到处议论纷纷。

议论的人大致分为三派，一派言之凿凿，说墙里的人是个幽灵，应该请个法师来驱逐他。另一派却说，这是神，是基督的显现，救世主的化身，他的出现意味着末日的来临，2012 快到了。最后一派则坚持认为上两派都是扯淡，他们认为墙里根本没有人，只是人们的幻觉。他们用严密的逻辑，理性的思考，丝丝入扣的分析，在墙中人的存在面前证明了他的不存在。三派各持己见，谁也说不服谁。不过第三派明显占了上风。因为第三派都是有身份有大学问的人，大都顶着专家教授的名号。

在议论最早开始的时候，学校的论坛上出过一个帖子。帖子的标题是《墙中之囚的真相》。帖子里说，墙中人就是个流浪汉。和大街上的流浪汉完全一样。只是他比其他的流浪汉更不幸，一群喝醉酒的青年把他打进了墙壁。帖子的作者肯定地说，那个晚上他刚好看到这出暴行，因为他就是渴醉酒的青年之一。不过帖子的作者又说，他没有打那个流浪汉，只是站在旁边看。后来他们打够了，就跑了。流浪汉倒在地上。当他跑出几丈远，一回头，却再也看不见那个流浪汉了。当时他以为是眼花了，直到看到墙中人的形象，他才百分之百肯定，就是那个流浪汉！

可惜的是，这个帖子观者寥寥。没有人相信这个简单的答案。

事件上了报纸，引起政府的高度重视。政府组织了一批专家实地考察，然后得出结论，是幻觉。据专家们说，是墙壁的石灰里含有天王星的无名射线，所以这般如此，如此这般，说得非常让人信服。

但大多数人还是相信自己的眼睛。更多的人跑来观看。学校的校长生财有道，他买了几百米长的帆布把学校的墙壁围了起来，留了一扇门，派了两个老师专门在那里卖票。票价八十元一张，儿童和学生半价。不过几日，学校收入几十万。

如果持续下去，学校将创造几千万的产值。然而，政府派人来拆围墙了，因为这种超自然的东西让市民人心惶惶。

最先来的是一群警察，后来是城管，所有的围观者都被警察和城管挡住，不许靠近；再后来拆迁公司的人来了，开着一辆大铲车。他们把蒙在墙上的帆布掀掉，然后用铲车直接把影子所在的那段墙壁铲倒。可惜的是，墙中人并不愿意束手就擒。他在墙壁里奔跑，手脚并用，像一只鸟在天上飞，一条鱼在水里游，速度比前几天快了很多。看来，他已经习惯了墙壁内的环境。

然而，让他绝望的是，铲车如影随形。他跑到哪段墙壁，铲车就撵到那里。学校的围墙已经拆毁了一大半。他已经无处藏身。

在放映机般的最后的一段墙壁上，他开始了最后的疯狂表演。他伸开双手，仰头大叫了一声。嘶哑的声音竟然穿透了墙壁，在大街上回荡。不过大街上很吵，车来车往，听见的人不多。然后，他像一只在高处飞翔的鸟，向着墙壁的最下端俯冲。墙壁下面是土地。不过土地好像比墙壁还要坚硬，他大头朝下，双腿向上，好像在玩倒立。铲车一下子铲住了他的左腿。他再次发出一声恐惧之极的尖叫，嗖一下钻进了土地，踪影全无。不过他的半截左腿被铲车铲断了，地上的一堆碎砖头上有着点点血迹。腿倒是没有看见，因为砖头很乱，一大堆。拆迁公司派了三辆车，拉了一天才清理干净。

后来，没有后来了，学校很快就用卖门票的收入修建了新的围墙，围墙更高更漂亮。有几个星期的时间，学生们喜欢围着墙壁转悠，希望他再次出现。学生们很快就失望了。围墙里始终干干净净，再也没有见过他。他消失了。

当然啦，也许他还活着。在地下。

你一定记得时光的声音

〇王秋声

许多年前，在一个月明星稀的晚上，我失踪了。

后来我仔细想了想，其实那时候我并不是故意要失踪的。我是在玩捉迷藏的时候，偶然听到一连串古怪的哔剥声，然后被它吸引，一步一步走丢的。最后，我迷失在一片如水的月光中，不知身在何处，也看不见村庄的方向。耳边时不时地传来几声蟋蟀的鸣叫，除此之外，只剩下大片月光下清澈的安静。奇怪的是，在这种空无一人的情况下，胆小的我竟然一点也不害怕，我睁大眼左顾右盼，优哉游哉地移动着脚步，心里没有一点着急的感觉，反而因为好奇而充满兴奋。我就这么走啊走，全身上下沐浴在一片乳白色的月光中，似乎走了很远的距离，又似乎始终在原地徘徊。

后来我是怎么回家的，已经忘得一干二净了。好像第二天睁开眼睛，就已经躺在我的小床上，暖暖的阳光穿过东边的窗户，在我脸上跳来跳去。我掀开被子走出来，就看见奶奶在院子里洗蘑菇。

每当我回忆起这件事，心里总会涌上一股神圣而又静谧的感觉，特别是当我慢慢长大之后，在我受了挫折之后，我总会时不时地想起那片笼罩在我身边的月光，还有童年岁月里无忧无虑的快乐。它们立刻就会填满我的脑海，赶走那些不愉快的情绪。

也许这是一种软弱的表现，是逃避的借口，是一个人还没有成熟的标志，可是我却乐此不疲。有时候，我还会在朋友面前发一声牢骚：真想回到小时候啊！然后换来一片同情的欷声。我知道，他们心里一定也有过这个念头，只是，没有一个人愿意说出来。

当然，每次回家的时候，我也会向妈妈啰唆。她是我最忠实的倾听者，我不会放过这个机会的。有一次，我问她：你还记得我小时候失踪的事吗？失踪？妈妈的眼神里露出疑惑的表情。

我提示她说：就是在我五岁左右的时候，有一次玩捉迷藏，跑着跑着跑丢了，你还记得吗？妈妈认认真真地回忆了一番，竟然摇摇头：没有啊！没有这回事啊！

我不甘心，让她再仔细想一想，可是，无论她怎么想，就是想不起来，好像那件令我刻骨铭心的往事真的没有发生过似的。我有点扫兴，本来，我还想问问她到底是谁把我领回家的，看来，她是什么都不记得了。

当天晚上，我失眠了，躺在床上翻来覆去异常痛苦。突然，一道银白色的月光透过窗台上的玻璃，倾泻而进，霎时给我带来一种诡秘的吸引力，像是冥冥中有什么力量在默默地召唤我。深埋在我体内的一股莫名的情愫开始蠢蠢欲动。我掀开被子，打开门走进院子里。仰头是一轮晶莹透亮的银盘，已经有许多年，我没有见过这么圆这么夺目的月亮了。它高高地挂在头上，像是一个小时候听过的故事，突然在回忆里出现，那么奇妙而又熟悉，充满着时光的味道。

不知不觉中，我已经走出家门，站在通往村子外面的小路上。面前是一片空旷的田野，在月光下面泛着雾一般的光泽。我在原地踟蹰着，不知道是接着走下去，还是该转身回家。陡然，耳边传来一阵古怪的声响，哔剥，哔剥，像是小时候玩过的橡皮鼓所发出的声音，又像是一只啄木鸟在轻轻地啄。然而，等我转身四处打量，却什么都没有发现。

很快，我恍然间意识到这是怎么回事了。小时候，我就是因为听到这种声音，才一步一步走丢的。当时，它带我去了一个安静祥和的神秘世界。时隔多年，它竟然又找上我了。

我努力压抑住喜悦与激动的心情，竖耳倾听，跟随着声音的来源，小心翼翼地移动脚步。最后，在一片白茫茫的世界里停了下来。

我睁大眼睛，举目四望，惊奇地发现，这地方和那片深埋在我记忆里的场景是如此相似，月光如水，蟋蟀鸣啁，视线里一片清澈的安静。我张开双臂，轻轻闭上眼睛。

倏尔，身后传来一串细碎的脚步声，慢悠悠，像是充满了试探。

我惊讶地回过头，陡然，面前出现一个五岁左右的小男孩，一脸茫然地望着我。

你可以想象，这时候的我是多么震惊。我们目瞪口呆地对视了很久很久。最后，我打破沉默，问他为什么会在这里。

他说：我在玩捉迷藏呢，玩着玩着就迷路了，我找了很久，也没有找到回去的路。

我说：原来是这样啊，我带你回家，好吗？他眨了眨眼睛，把手递给我：你能帮我找到吗？

我说：我能。

那天，我牵着他的手，在月光下转过身，一步一步往回走。渐渐地，哔剥声又隐隐约约地出现了，我们相视一笑，踏着节拍越走越快。没多远，村庄的轮廓近在眼前。

我停下来，蹲在他面前，目光正好对着他的眼睛：你看，到家了！

他好奇地问：你怎么不走了？

我说：我要留在这里，等你长大了，再来接我好不好？

他听话地点了点头，和我挥手告别，我一动不动地站在原地，目送着他稚嫩的背影越走越远，直到消失不见。

第二天，我从睡梦中醒来，发现自己已经躺在那张童年时的小床上。暖暖的阳光穿过东边的窗户，在我脸上跳来跳去。

我掀开被子走出来，第一眼，就看见了奶奶。她正在厨房外面忙活。于是我走过去问：奶奶，你在干什么呢?

她脸上露出慈祥的笑容：你看，我在洗蘑菇呀！

纸模特

○陈龙江

苏文是国内一家大报的著名娱记，在跟踪采访第 88 届全国模特大赛时，他暗暗喜欢上了一位名叫肖拉的模特。肖拉来自 S 大学，身材高挑，肤色白皙，一头乌黑的长发，属于典型的东方美女。

苏文发现了肖拉的一个秘密：每到吃饭时间，肖拉总是自己开着车单独出去，好像不太喜欢赛事主办方提供的饮食。难道肖拉有什么特殊的饮食嗜好吗？苏文决定解开这个谜，同时也向她吐露自己的心声。

经过几轮预赛，肖拉很顺利地进入了总决赛，并毫无悬念地获得了总冠军。开完记者招待会，肖拉没有参加主办方举办的庆贺晚宴，又偷偷开车溜了出去。苏文见状，也驾上车，在后面悄悄跟着。

肖拉来到一个广场旁边停下来，从车里走出来，四周看看，见没什么人，便走到附近的垃圾箱，在垃圾箱里乱翻起来。苏文惊呆了：刚刚获得全国模特大赛的冠军怎么跑到这儿翻垃圾来了！紧接着，令苏文更加吃惊的一幕出现了：不知肖拉从垃圾箱里捡出什么好东西来了，竟然塞进嘴里吃了起来。

“啊！她怎么吃垃圾？”苏文从车里跳下来，几步跑到肖拉的面前，叫道：“肖拉，你这是干什么？”肖拉吃了一惊，认出是经常采访她的记者后，微微一笑，说：“大记者，别吃惊，我正在吃晚餐。”苏文把肖拉手里的垃圾拨掉：“要吃饭上饭店去吃，走，我请你！”肖拉弯腰把垃圾重新捡起来，说："不，我不去饭店，我的设计师只让我吃垃圾！"苏文惊讶地问："肖拉，你是……"

肖拉露出迷人的微笑："我是纸做的模特，是S大学的一位教授设计的！"肖拉说着，按按身上的一个按钮，只见肖拉的肚子慢慢地打开了，里面是刚刚吃下去的垃圾。

"可你是全国模特大赛的冠军啊！"苏文说道。

"是的，教授设计我的目的，就是要证明，哪怕是垃圾，也是有利用价值的，也同样可以创造美丽。现在，我的使命已经完成，这是我最后的晚餐。"肖拉看看腕上的手表，"一个小时后，我身上的毁灭程序就会自动启动，模特大赛的冠军将会从这个世界上消失。"

苏文一把抱住肖拉："肖拉，我不让你消失，我要去找你的教授，让他重新设计你的生命。肖拉，我喜欢你！"

肖拉推开苏文："教授没给我设计情感程序。如果你真的喜欢我，以后就少制造点垃圾，为这个星球多保留点绿色——这也是教授的生活准则。教授是一位环保主义者，一生致力于垃圾回收利用研究。教授说，垃圾是放错了位置的财富。"

苏文把肖拉抱到自己的车里："肖拉，我立即带你去见你的教授，让他重新设计你的生命——他是谁？"

肖拉坐在副驾驶的位置上，说："他是陈教授。见了他，替我谢谢他，是他给了我如此美丽的生命。"

苏文把车开得飞快，他要争取时间。然而，刚到S大学门口，苏文突然发现车里只剩下他自己了，肖拉刚才坐过的位置上空荡荡的，连一点痕迹都没留下。

两行眼泪滑过了苏文的脸庞。

大师的邪念

○蔡应律

气功大师一早起来就有点坐卧不宁。他知道，是自己的寿限到了。

但气功大师不知道自己有怎样一个死法。

这样也好，他想。同时决定把生命的这最后一天留给自己，不见任何人。

气功大师把自己关在一间屋子里。他要对自己的一生作一番必要的梳理。

梳理的结果，大师对自己的一生基本满意，没什么遗憾。

大师一生替无数的人治过病，也解除过无数人的痛苦。因此，每天都有无数的人念叨着大师的功德，有无数的人呼唤着大师的名字。他让失明的人看见了彩虹的斑斓；他让失聪的人听到了蟋蟀的吟唱；他还让那样多的卧病在床的人，走到了阳光里来……总之，人的一生倘能做到这样，怎么说也已经差不多了。

大师突然觉得，房门外站着一个人，是在无意中一下子感觉到的。

她是大师特别宠爱的小孙女。

大师拉开门让小孙女进来。

小孙女当然不知道大师今天要死。她要爷爷今天好好陪她玩。平常，那些可怜的、愈来愈多的病人，把她跟大师隔开了；而大师呢，也猛醒般觉得，在自己生命的最后时刻，应当尽量地让小孙女开心一些。

那么玩什么呢？

玩穿墙术。

好吧，大师对小孙女说，你在这儿站着别动，我打这儿到隔壁去把你的小布娃娃拿来。

大师说的“这儿”，是一面光光的隔墙。

小孙女早就听说爷爷有穿墙而过的本领，却没亲眼见过，这下可乐了。

好啦，你等着，我可要打这儿过去啦。大师说。

说完，人已不见了。

小孙女东张西望一阵，就死死盯住墙面上爷爷刚才指过的地方，等他拿着布娃娃过来。然而等了好久，也不见动静。

小孙女开始大声喊爷爷。不见答应，就拉开房门，到隔壁去找。

仍不见爷爷的影子。

于是更大声地喊，且在两间屋子来回跑着找，把家里家外的好多人都招惹来了。

但是，大师呢？

找不着大师，人们最后都聚集在小孙女指着的那一块墙壁面前发呆。

手抚那墙，热的。

大师的真传弟子说，且等三天吧。

三天后，仍不见大师的面。大师的真传弟子说，只好挖墙啦。

挖开墙，大师果然在里面，人扁平如用纸板剪成的；嵌着大师的墙体部分尚留有热气，大师本人则已经死了。

人们想不透怎么会成了这样。大师的真传弟子说，他追随大师学艺，大师曾告诫过他，学艺时不能带了邪念；大师当年就因某个邪念被师爷窥破，人被镶在墙壁里悔过三天才得出来——也许，大师这一次玩穿墙术时，曾在小时候产生过的那念头又突地冒了出来，并且他不愿悔过了。

会不会真是这样呢？人们都说不准。说不准却又不住地点头。因为，除此之外，似乎找不出别的更好的解释了。

但在大师心里藏了数十年却两次出现的那个邪念，会是什么呢？连大师的真传弟子也无法回答。

分身记

○歪　竹

新城有一个异人，名叫梅埃，个子高大，器宇轩昂，眼睛能发出蓝幽幽的亮光。他住在菊园小区，家庭富裕，一家三口和谐共处，其乐融融。多么令人羡慕的幸福之家啊。

梅埃有一项奇能，就是能在别人的呼唤中分身，将一个梅埃的身体分成若干个身体，分身时所有的躯体都不能思维，都不能做事，都不能说话，只是一模一样的多个肉体罢了。也就是说，分身时梅埃失去了灵魂，只剩下肉体。这些分出的身体，在喊他的人不需要他或忘记他时神秘消失，像一缕烟一样消失。

这项奇能，使梅埃一夜之间名声大噪，也改变了梅埃对世界和人生的看法、改变了梅埃的家庭状况。

远远近近的人都想来一睹梅埃的风采，看看他是怎么分身的，分身后的外貌和内心如何。传播时，人们神神秘秘的。人们知道不能随便说到“梅埃”这个名字，因为要避免分身，分身就不能采访。世上无难事，只怕有心人。终于，有人采访到梅埃了。

“神奇的先生，您的分身术我们很崇拜，您能不能当面分给我们看看。”

“对不起，不能分，我的分身是无意的啊。”

“您分身后的感觉怎么样?”

“没什么感觉，跟原来一样，如果硬要说感觉，那就是跟做梦一样。”

“您的身子分成两份时，应该只有一半重了吧，您走路时应该轻快得多了吧？”

“不，跟原来一样。”

“您的高矮大小也应该按比例缩小了吧？”

“不，跟原来一样。”

“分身后，您心里是否感到若有所失？”

“不不，也跟原来一样。”

“那么，您怎么看待自己的分身术？”

“不怎么看待。”

“高兴吗？”

“无所谓高兴与不高兴，跟原来一样。”

“您可要说真话啊！”

“真的，绝对是真话，我只是莫名其妙地多了一点烦恼。”

“您应该高兴啊，不不不，您应该狂喜啊，您的分身术可是了不起的奇能。”

“这有什么用，别说了，一点用处也没有。”

“请回答我们最后一个问题，好吗？”

“也好，问吧。”

“您是在什么情况下分身的？”

“在别人呼唤我的时候。”

人们不再问了，而是窃窃私语：“不会是作秀吧，这年头，有的人什么事都做得出来，我们回去喊他，隔很远很远的距离喊他，看看到底是不是这样？”

之后，他们纷纷说：“我呼喊梅埃时，确实来了个梅埃。”

“我呼喊梅埃时，确实也来了个梅埃。”

“我喊时也是一样。”

“一样。”

“真是太怪了，我们喊时，他并没有听到啊。”

“是啊，他好像不需听到，只要有人喊就会自动分身。”

“也许，他还有一项奇能，能听到我们听觉之外的声音。”

后来的事实证明了人们的猜测，梅埃果然能听到遥远的声音。几乎不分远近，只要有人喊“梅埃”，他就一定会分身。他的分身和消失，就像有一种指令在遥控，高科技的精确制导也没有他那样准确无误。

由此，人们集体无意识地说起了“梅埃”。“梅埃”已成为一个含义丰富，甚至含义无限的词语。高兴时说一声“梅埃”，烦躁时说一声“梅埃”，悠闲时说一声“梅埃”，忙碌时说一声“梅埃”，得意时说一声“梅埃”，失意时说一声“梅埃”，发财时说一声“梅埃”，甚至升官时也是说一声“梅埃”。因此，人们其实是喊“梅埃”一词，并非喊其人。

人们每喊一声“梅埃”，他就分身出另一个梅埃，走向呼唤地点。于是，新城的大街小巷，每时每刻都走动着梅埃的身影。这下，新城乱套了，这么多的梅埃，到底哪个是真正的梅埃呢？同时，这么多的梅埃会不会出什么事呢？真梅埃只一个，可假梅埃有很多，而谁也分不清哪是真的，哪是假的。幸好，人们根本就不需要他，也就不会把他放在心上，总是随喊随忘，因此梅埃的分身也总是随即消失，不然真会人满为患。

梅埃一家人闭门不出。梅埃担心真身出去后，和假身混到一起，自己都认不出自己。老婆担心梅埃出去后再也认不出谁是自己的老公。孩子担心梅埃出去后，再也认不出谁是自己的爸爸。于是，老婆握着梅埃的右手，孩子握着梅埃的左手，寸步不离。老婆非常细心，在心里时刻提醒自己“不要喊梅埃”。还对孩子指指点点，意思是“不要喊梅埃”。

时代飞速发展，铺天盖地的事情让人们听不过来，也看不过来。尤其在城市，公鸡下蛋、母鸡打鸣也不新鲜，人们很快忘记了梅埃的分身术。

说“梅埃”的人已经很少很少了。

这时，梅埃老婆想，过了这么久，应该不会分身了吧。她想试一试，喊一声梅埃，看还分不分身。“梅埃，帮我到卧室去拿一件衣服来。”话音未落，梅埃就分身而去。这时，家里出现了两个梅埃，这个极力维持正常的家庭最终还是乱了套。在没有办法分辨的情况下，老婆急得大哭：“想不到啊，这么久了，只要喊还是分身，死鬼梅埃，你说话啊，到底哪个是真身。”这时又分出了一个梅埃。老婆继续哭喊，梅埃继续分身。孩子害怕了，也跟着哭喊，梅埃也跟着分身。这样，房子里出现了很多的梅埃，很多没有知觉没有反应的梅埃。

很久以后，老婆孩子哭累了，瘫软在地上，家里终于静下来了。老婆孩子困极了，在地板上睡着了，这时他们忘记梅埃了，梅埃分身的肉体瞬间消失。

剩下的梅埃当然就是真身了，碰巧此时其他地方也没有一个人喊梅埃，他的灵魂回到了这个身体，他抱起老婆孩子放到床上，望着他们有点变形的睡相，心疼极了。

梅埃关了灯，躺到床上，陷入了沉思：我的分身终于没有了，但这只是暂时现象啊，怎样才能使自己不再分身呢？他想了很久很久，头都想痛了，最后终于得出了结论：让人们不需要自己，让自己成为一个废物。但成为废物又是多么不甘心啊，于是又想到一个办法，给自己改一个名字，叫“刘李张”什么的，别人再喊“刘李张”就不会分身了，因为我是梅埃。

这样想着想着，梅埃居然睡着了。他做了一个梦，梦见自己名叫“刘李张”，但人们喊“刘李张”时，他还是一样分身，且看到了很多分出去的身体，像魑魅魍魉晃来晃去，令人毛骨悚然。

梅埃当时就惊醒了，大汗淋漓。黑暗中，他的眼睛发着蓝幽幽的亮光，他呆呆地望着老婆孩子。良久良久，奇迹出现了：他恍惚的目光中，老婆的身体幻化出多个肉体，孩子的身体也幻化出多个肉体。他想，说不定每个人都有多个身躯呢。

鬼推磨

〇沙　舟

城北刘家庄刘员外乃方圆百里首富，良田百顷，买卖遍布大名府、广府两地，凡新任官员，到任后均去拜访，畏其财富，日后公干给个方便。

这年，一位姓卓新榜进士，奉御旨就职大名府尹，上任第二天，衙役提醒道："大人若要坐稳本府，须拜访刘员外。"卓知府不解，问道："为何？"衙役道："大人岂不知财大气粗，钱能通天之理？"卓知府哈哈豪笑道："本府一向不信此言。我做我知府，他做他财主，他不犯法我不欺他，何必拜访？"衙役又道："大人虽初入官场，想必也耳闻尊高官敬豪富可保仕途畅达之说？"卓知府摇头，衙役叹息。卓知府问道："尔等为何这般？"衙役道："叹大人不通为官之道，又如此固执，恐官衣穿不久长矣！"卓知府思忖良久，突然道："拜访下也无妨，借此体察体察那刘员外何许人也。"衙役脸上浮出笑容，问道："拜访不能两手空空而去，带些甚礼物为好？"卓知府道："本府清贫书生出身，哪有珠宝玉器、金银积蓄？"衙役原地兜圈子，苦思冥想，抬头之际，看到墙上悬挂卓知府自作书画，恍然大悟道："闻得那刘员外颇爱书画，大人又擅长此道，作一幅画充做礼物岂不更好？"卓知府哑笑，展徽宣于案，挥笔而就，让衙役拿去装裱。

数日后，画装裱成轴，卓知府与衙役前往刘家庄。至刘家高大雄伟门楼前，卓知府递过拜帖，家人飞奔入内禀报。少候，一六旬老叟迎出，卓知府拱手施礼，细细端详，但见刘员外赤袍皂靴，红光满面，二目炯炯，气势袅袅。卓知府恭维道："老员外精气如此旺盛，乃世间少有。"刘员外客气道："托知府大人洪福，老朽活得还算滋润。"二人皆爽笑，并肩入宅。

厅堂落座，啜茶数口，卓知府从衙役手中接过画卷，呈于刘员外道："本府拙作，不成敬意，请老员外笑纳。"刘员外连连道："客气，客气。"接过，让家人悬于厅堂。画上画俩壮汉弃一空心元宝，挽手而去。刘员外手捻胡须，凝视画卷多时，浅笑未语。待家人端上酒菜，示意卓知府入席酌饮。酒过三巡，刘员外手指画卷道："老朽愚钝拙笨，画意还望大人明示。"卓知府道："元宝无心，寓意钱轻，二壮汉弃之挽手同行，取钱轻义重之意。"刘员外道："大人心地高洁，视钱如粪土，可这世道往往逼迫着人重钱轻义。"卓知府紧接话茬道："看来老员外相信钱能通天之说矣？"刘员外道："岂只通天？亦能入地。有钱能使鬼推磨。"卓知府借酒力追逼道："老员外倘若能使鬼推磨，本府愿俯首拜为师！"刘员外盯视卓知府，蓦然哈哈大笑，与卓知府击掌道："一言为定！"

夜无星辰，寒风烈烈，刘员外坐到野外地沟里，等待什么。乍至午夜，牛头马面无声无息出现在刘员外面前，喝问道："老员外为何挡住我兄弟去路？"刘员外躬身施礼道："老朽坐等二位神差，不为他事，只是想周济一二。"牛头马面相觑一眼，不解其意，问道："我等不曾相识，从何而谈周济？"刘员外笑道："阴间阳间事事想来皆大同小异，不过两重天地而已。二位阎王鞍前马后当差，月银大致与阳间小吏相差无几，妻儿老小靠那一二十两银度日，一定紧巴得很。"牛头马面点头道："老员外所言，确实如此。"刘员外道："老朽适才所言周济，并非将银子白白奉送，那样二位神差会担受贿之嫌，若二位神差帮我干点活计，收下赠银，那银子自然成为工钱，走到哪里也能说得清讲得明。"牛头马面互交下眼色，问道："帮老员外做甚活计？"刘员外故作一番思考道："老朽家中所剩面粉不多，请二位神差帮我磨粮十斗，我付工钱百两，如何？"牛头马面一阵窃喜，满口应允，跟刘员外未走多远，霍地却步不前。刘员外问道：“二位神差何故止步？”牛头马面道：“为老员外推磨，耽搁差事，我二人阎王那里如何交代？”刘员外道：“二位神差跟随阎王多年，即便耽搁差事，往轻处说，挨一顿斥责完事，往重处说，禁受两板子疼，为妻儿不也值得？”牛头马面抓耳挠腮苦苦思量，一顿足道：“我二人一向对阎王忠心不二，此事倘若被阎王知晓，想必也不会难为我等。”

天将五更时，牛头马面来厅堂回禀，十斗粮已磨完。刘员外取银百两递过，牛头马面喜形于色，打躬作揖，收起顿去。卓知府坐观事情经过，事实胜于雄辩，此时木鸡般呆愣，如麻思绪无从捋起。刘员外唤其数声，卓知府方回过神来。刘员外沾沾自喜道：“老朽言说有钱能使鬼推磨，大人不信，结果如何？没甚别没钱，有甚别有病，现今就这么个世道。”卓知府默不作答，一张脸涨得犹如紫茄子。过一刻，卓知府缓缓起座，自嘲地涩笑下，撩衣跪地道：“恩师在上，受学生一拜。”刘员外急忙搀扶卓知府，笑吟吟道：“击掌打赌，实属童言儿戏，何必认真？”卓知府道：“大丈夫一言九鼎，怎能自食其言。”

数年后，卓知府一次下乡办案，夜经刘家庄，叩门借宿。刘家人自然认得卓知府，不敢怠慢，开门将其引领厅堂。卓知府呷茶五六口工夫，刘员外从后宅走来，卓知府施礼道：“深夜打搅，还望恩师见谅！”刘员外连声道：“无妨，无妨。”这时，有嗡嗡隆隆声响传来，卓知府问道：“此乃何声？”刘员外道：“乃推磨声。”卓知府迷惑，眨眨眼问道：“夜半推磨，莫非恩师又请鬼乎？”刘员外摇头道：“此次并非为师请来，乃不请自来。”卓知府暗想，上次请来牛头马面，刘员外定是使得骗术。这次牛头马面不请自来，为钱甘心找磨推，对此，卓知府甚是费解，起身去磨房问个明白。

卓知府到磨房，但见牛头马面大汗淋漓，石磨推得正欢。卓知府问道：“二位神差为银子来阳间做此辛苦事，难道阴间也视钱如磐石重？”牛头马面无丝毫羞涩，哈哈大笑道："有钱好办事，此言阴间亦然。"卓知府沉思无语。牛头马面又道："我二人阎王足下效力数年，仍小小差官一个，不得提升，眼睁睁见许多平庸之辈，怀揣银两走动一番，便谋得上好职位，怎不叫人为之心动？来阳间与人推磨，意在挣些银子，上下打点，得以提拔。"卓知府哀叹，怅然退去。

卓知府满腹愁楚，返回厅堂左思右想，深感世态炎凉，把酒狂饮，醉呓道："昔日有钱使鬼推磨，今日鬼为钱找磨推，啊哈！怪哉不怪，人鬼钱，钱鬼人……"

宁

○陈　涛

R从国外打电话告诉我，宁不见了。

打电话给宁的密友N，得知，宁消失已经快两周了。

宁的家人很着急，不知她去了哪里。爸爸每天开着车去宁可能到的地方，妈妈的头发自从宁不见后，白了许多。

R和N曾经对我听到宁不见后的表现有些生气。他们说我为何一点都不着急，似乎宁不是我的好朋友。

其实，从一开始，我似乎就知道宁会走失，去一个没人认识的地方。就像一只风筝，终究会被风带走。我不知这种感觉来自何方，有一些荒唐，但却不可动摇。

宁的家在一条小巷子里，巷子口有一条河，河边是绿树红花。我去找她。是哪一年，我记不清了。只记得是一个下雨天。可进去后，我发现我进入的是一个迷宫，相似的小巷，相似的门廊。我转了一圈又一圈，依旧找不到她的家。迫不得已，我像卖货郎一样边走边喊，经过一个门口就喊声“宁”，可换回的更多的是狗叫声。后来还是宁从后面喊我，我才找到她。

还有一次，我又在巷子里迷了路。她带我回家的时候，突然让我看后面，我转身看时，她噌地跑了。前面是三岔口，我不知道她是从哪条路跑掉的。我喜欢向左走，于是选了左边的路口。前行了十多米，待回望时，只见她从一个铁箱后面，慢悠悠走出来，带着难以掩饰的一脸坏笑。我问她，你不怕把我丢了啊？她很自信地说，不会，你肯定会找到我的。

宁有一种让人安静的力量。我喜欢那些能让人安静下来的人。我常想，她是如何具有这种力量的呢？她通身散出让人舒服的味道，令你情不自禁跟着她一起平和淡然。她的举止，她的言行，似乎与整个社会如此不合拍，她沉浸在自我营造的世界里。靠近她，会远离世俗，如被圣水清洗全身，所有污浊皆不见。

我是从何时开始喜欢接近那些能让人安静下来的人呢？可能是骨子深处的因子，也可能源于与僧人相处的一段生活。在我三十岁的时候，有次爬到一座山上，快到山顶的时候，天下起雨，碰巧山顶有一座小小的庙宇，安静雅致，推门进去，一位六旬僧人在生火烧水。他见我衣服湿透，便邀我烤火。本想坐会儿就下山的，怎奈老天留人，雨不仅没有停，反而更大。我住了下来，并且一住就是十天。僧人拿出灰色僧服给我穿，我跟他劈柴、种菜、挑水、做饭。生活永远是慢条斯理，平凡无奇。我问他，人生一直都这样，你会不会烦？他摇摇头。他从不多说话。无数次，我俩默默地择菜、做饭、洗衣服。有阴雨绵绵的雨天，有阳光普照的晴天。十天里，我不停想，生活应该是怎样的？但至少有一点是肯定的，那就是可以让内心得以安静。我下山的时候，问僧人，相处这么久，能否送我一句话。他笑了笑，五秒钟后，说了一句话：过自己想要的生活。我下山的时候，一直在想他这句话。

正是因为宁身上带有的这种力量，所以每次看到宁，我都会想起我所期待的生活，那种让人安静的、真正属于自己的生活。宁似乎是个永远长不大的孩子，任性而蛮横。有次，她坐地铁的时候，发现没有带钱，于是径直走到一个男生后面，拍拍男生的肩膀，待其转身后，说：借两块钱坐地铁。男生愕然，掏出钱给了她。她拿钱后离开。一会儿又敲了敲那个男生的肩膀。男生以为她是来表示感谢或者是还钱的，结果她说：再给一块，钱不够。不知那个男生该有多崩溃。有时我会想，为何男生会给她钱呢？因为宁不像坏人，宁不丑，宁很乖的样子，并且她有一副不给钱不罢休的架势。

宁喜欢小孩子，每次看到漂亮的小孩子，都会说：我也能生。有次，她见到漂亮的外国小孩，还说“我也能生”。我反感她对基因常识的漠视，反击说：你顶多生个混血的。听后，她说脏话。倒也不生气，脸皮很厚的样子。她问我，你喜欢女儿还是儿子？我说是女儿。我问她，她说是儿子。她学着电影上那些黑社会的伎俩，用胳膊搂着我的脖子，蛮横地说：你女儿就是我女儿，我儿子还是我儿子。一下子把“我的女儿”给抢走了。

宁终于不见了，我不知道她去了哪里。有时我觉得我和她是一样的人。她身上的味道，她的性格，与我那么相似。只是她是女人，而我是男人。

宁终于不见了，一切在预料之中。宁的眼神告诉我，她一直在寻找一些东西。但现实中有周围那么多的束缚，她要不到她想要的让内心安静的生活。

宁，快从铁箱子后面出来吧，带着一脸的坏笑。

那个少年

○阿　蒙

那是一九六七年，国庆节后不久。东北那年北风刮得早，加上正搞运动，一切都乱糟糟的，人心惶惶。所以那天傍晚天还没黑，路灯却早早地亮了，周围显得很凄凉。

那个地方是大连的岭前路，附近有个中学。离中学不远的一条背静小街的人行道上，一个少年在那里卖家里的什物：一把很大的铜炊壶、一个涮羊肉的铜炉子、几个凳子什么的。在一只高高的洗脸架上挂着一把小提琴。我要说的就是这把小提琴。

我打小儿就学拉小提琴，认识琴的好坏。这把琴看上去很破旧了，明显被摔打过；面板上，左边那个S孔的下方破了两寸来长；弦轴少了一只，没有琴弦，也没有琴弓。但我翻看琴的周身，被它漂亮的虎纹惊呆了。内行都知道这是很好的木料。

我装作漫不经心，把小提琴取下来看，通过音孔，看到了里面的俄语标签。我明白了，这是一把外国琴，心里怦怦地跳起来。但我不动声色，懒洋洋地问卖几块钱。当时我想的是，只要在五十块以内，我就奔回家去取钱。

少年的回答大大出乎我的意料：十块。我大为惊喜，但却故作不满，呵斥他说，你疯了吗？连弦轴都不够，弓子也没有，拉都不能拉。我拿去，还要找人来修理。摔得这么破了，修好也没好声儿了。我一顿夹七夹八的驳斥，把他也给整蒙了。他不好意思地问：那你说几块吧？

我说，五块呢，我就要了，多一块都没戏。他犹豫了一下，同意了。

我控制住情绪，付了钱，拿了琴，转过一个弯道，飞快地跑起来。我怕他反悔。

这把琴，没费什么事，就收拾好了。查了一下词典，俄文字母是“蓝色”的意思。后来我知道，“蓝色”牌小提琴在前苏联是不错的牌子。事实上，这把小提琴音色音量都非常好，我那种一不小心发了意外横财的狂喜心情也就不用多说了。更“那个”的是，我心里还嘲笑那小子。

几十年过去了，我和几个爱好者组织了一个弦乐队，充实闲散的日子。别人评价我的这把琴，都很羡慕，认为按目前行情，要值人民币五万以上。

但是，我的心情已经发生了很大变化，我越来越感到了自己多年前的不地道。说是乘人之危吧，不像；说是欺骗吧，也不像。但总感到不地道。岁月让我明白了许多东西，我越来越想见到那位卖琴的少年。我想问他，这琴是怎么从前苏联买来的，为什么被摔打，又为什么要匆匆地贱卖掉。而且，你知不知道这是一把说得上名贵的小提琴……最重要的，我要告诉他我当时的心机——一定要一五一十地告诉他这些。

我不会将琴退回给他的，如果他的际遇不是很糟，我也不必再给他补上一点儿钱（如果他的确很困难，那我会帮助他）。但我就是想见到他。

一九六七年的时候，那少年大约十四五岁，印象中个儿比较高，鼻梁好像很挺，不太像贫穷人家的孩子。

一条见过世面的鱼

〇方雪梅

有一条青鱼决定周游世界。“北海的生活我早已过腻了。”它说，“我想到世界上其他的地方去见识一下。”它向南游去，游向大西洋深处。它曾差点被一条鲨鱼吞食，也险些被一条电鳗击死。还有一次，它几乎被一条黄貂鱼刺伤。

可它继续向前游着，绕过非洲，抵达印度洋。形形色色的鱼游过它的身边，有章鱼、旗鱼、锯鳐、箭鱼、竹荚鱼、黑鲸、泥鱼等等，这些鱼的形状、体态和颜色各不相同，令它感到很奇怪。它继续向前游，进入爪哇岛海域。它在这里见到了能跃出水面的鱼、能生活在海底的鱼，还有能用鳍行走的鱼。它又继续游向珊瑚海，不计其数的微生物外壳在那里脱落后变成了岩石，堆积成山。

它仍继续向前，向宽广的太平洋游去。当游至大洋最深处时，它发现海是那么深，阳光根本无法到达它的底部，到处是漆黑一片。这里的鱼，有些头顶“灯笼”，有些尾部“点灯”。它继续向前游去，游向北部寒冷的西伯利亚海域，那里的海面终年覆盖冰雪。它又绕过格陵兰岛，最后游回了老家——北海。

青鱼回家后，所有的亲朋好友都赶来看望它，大家嘘寒问暖，并设宴为它接风，把最好的食物都拿出与它共享。而青鱼只是满不在乎地打个哈欠说道：“我周游了世界，世上一切东西都见过，世间极品也都尝过，你们无论如何也想象不到那些美味究竟如何。”它对宴席上的所有食物都不予理睬。而后，它的亲戚朋友们都邀请它去家里住，但它都拒绝了，“什么地方我没去过，我绝不会去你们那又阴暗又狭小的岩石里住的。”说完它便转身离开了。自此，它便独自居住。

到了繁殖的季节，它也拒绝产卵，说道：“我周游过世界。我认识世界上很多鱼，我对青鱼不再感兴趣了。”

最终，一条老青鱼游到它面前说：“听着，如果你不与我们一起产卵，一些青鱼卵就不会受精，也就孵不出健康的小青鱼。若你不与家人同住，就会令它们很伤心。还有，如果你不吃东西，你会饿死。”

但这条青鱼却说：“我不介意！能去的地方我都去过了，能看到的东西我也都看过了，现在我已通晓一切。”

老青鱼摇着头说：“没有谁见识过世界上的一切，也没有谁能通晓一切。”

“你看……”青鱼说，“我游过北海、大西洋、印度洋、爪哇海、珊瑚海、太平洋、西伯利亚海域和冰天雪地的北冰洋。那你告诉我，还有什么我没看过，有什么是我不知道的呢?”

“我也不知道。”老青鱼说，“可总会有些东西是你没见过的、不知道的。”

此时，经过一条渔船，所有的青鱼被一网打尽，被带到当天的集市上。有人把那条“周游了世界”的青鱼买去了，当晚把它吃掉了。这个人永远也不会知道这条青鱼曾周游过世界，知晓一切。

遗　失

○文　东

第一份寻人启事

本人马龙，现寻找妻子一名。姓名吴丽，至于特征，我实在想不出有什么特别的地方，总之，就是一个普通女人。因为我平时工作很忙，很少回家，一般情况下半个月回一次家，如果有什么特殊情况的话，也许一个月才回一趟家。所以对她失踪之前的具体情况，我不是很清楚。比如她失踪前穿什么衣服，去什么地方，我完全不知道。甚至连她具体是什么时候失踪的，我也不知道，因为我工作实在太忙，最近一次，我已经有三个月没回过家了。我最后一次回家是 5 月 25 日，今天是 10 月 28 日，没有办法，我实在太忙，公司需要我，我是个负责任的人。所以直到今天，我才能挤出 5 分钟的空闲来报社发表这份寻人启事。本人急切需要帮助，如果有谁找到或者看到我的妻子，请务必马上通知我。本人在杏花大道的 S 公司上班，我现在工作非常忙，基本不在家，如果您打不通我的手机，也可以直接到杏花大道 54 号找我。妻子如能寻到，自当重重酬谢。

以下是我的手机号、家庭地址、公司地址以及我妻子的照片。

第二份寻人启事

本人马龙，现寻找儿子一名。姓名马小龙，他的特征是笑起来有一个小小的酒窝。很遗憾我只记得这么多。也许这不算什么特征，不过也不是所有小孩笑起来都有酒窝，所以这一点或许有点帮助也说不定。他可能就读于兰花小学，不过也可能是在菊花小学，说不定他后来转学到荷花小学了。我真的不知道他具体在哪所学校，因为这些手续都是他妈妈去办，很可惜他妈妈在早先就已失踪了。此前我曾发表过寻找他妈妈的启事，但至今仍没有消息。在这里，很感谢那些建议我报警的有心人，不过我确实太忙了，谁都知道报警的程序有多繁杂，我怎么可能有时间呢？

自从他妈妈失踪后，儿子很懂事，自己洗衣服，自己洗澡，自己做饭，自己上学。基本不用我操心，实际上我也没有时间去操心。我现在的生活起居都在公司，大约一个月或两个月，我会打一次电话给我儿子，抽出两分钟空儿跟他谈谈心。但如果工作不允许的话，也可能三四个月才联系一次。大概在半年前，我突然发现我跟儿子失去了联系，我毫无头绪，无法提供一点关于他失踪前的任何动向。我现在心急如焚，如果不是公司最近忙得要命的话，我也许会有更多的时间，不过现在不行，我走不开。请广大有心人千万千万帮我留意，请看到或者找到我儿子的人立即跟我联系，本人自当重重酬谢。

以下附上我的手机号、家庭地址、公司地址和我儿子的照片，还有我妻子的照片以及第一份寻人启事。

第 N 份寻人启事

本人马龙，男，现年 45 岁，也可能是 48 或者 42，我的身份证丢了，所以无从考证。据我的同事说，我许多年前曾在这份报纸上登过寻人启事，不过他们也不是很肯定，而我自己根本已记不清了。据他们说，我曾有过一个妻子，甚至还有一个儿子，不过最后都失踪了，也许这只是他们的猜测而已，因为我自己根本就没有一点儿印象。据传言，我还曾有一个家，但具体在什么地方，没人知道，是真是假我自己也弄不明白。我长年生活在公司，我的工作非常非常忙，我没有多余的时间思考这些问题，也没有时间去证实这些传言。我只知道我在杏花大道54号的S公司工作，除此之外的关于我自己的所有情况，我一概不知。我现在需要寻找一位了解我自己情况的朋友，如果哪位朋友了解这些情况的话，请您马上跟我联系，因为我现在非常苦恼，无比忧愁。

以下附上我的手机号、公司地址以及我自己的照片。

大唐公主

〇雷剑峤

街上喧闹得紧。庚子年的最后一夜，大家都见缝插针、时不我待地折腾。

往年这个时候行酒令行到无聊，我总会跑到大街上看民间的傩戏。傩公着朱，傩母着青，脸上涂得五颜六色，露着清清爽爽的白牙懒洋洋地晃荡，有种天真的满足。不像宫里的傩戏，摆开泼天的气焰，几千人蜂拥而来，多数青面獠牙。

今天却不得不进宫看戏。自从十月上头我的名字由“雪雁”变成“文成”，生活就被翻了个底儿掉。身上胶着了多种目光：同情，艳羡，叹息……这些目光之后是被视为畏途的和亲路。

早就知道公主不是白当的，尤其是在吐蕃二次求婚的当口儿。现在想来也有点奇怪，十月份太宗选宗室女册封公主，周围的宗室女个个噤若寒蝉，而我心里明镜似的知道要远嫁，却毫不回避太宗探询的目光。当时的那份心甘情愿到底是从哪里来的呢?

正想着，母亲又来催了，非要我乞愿之后再走。

把一个彩锦扎的女子扔到秽土里，狠狠地杖打。这个风俗不知道是哪个被女人欺负过的男人想出来的，泄愤的同时还希望能尽偿所愿。以前觉得好玩，现在觉得可鄙，还是让那些男人去做梦吧。我匆匆地上了轿。

到了宫里，篝火冲天，太宗和群臣在酒席上唱和。

我走过去，被长孙皇后揽在怀里。我一向和长孙皇后亲近，她总是有着那份属于自己的贤淑纯净的天然。她是抱着一份歉疚的，安慰我似的告诉我太宗要出题考吐蕃的使臣，考试通过才让带我走。

我有点惊讶，嫁和娶都是箭在弦上板上钉钉的事了，何苦要多此一举。太宗皇帝我向来佩服，做事干净漂亮。仔细想起来这次考试大概也是兼顾两头。顺利通过可显示大唐公主求之不易，没通过最后还是要赐婚，又显大唐大国风范。我不知好歹地在心里瞎琢磨自己一生的幸福。

皇后还在念叨着说，太宗说如果使臣聪明，那松赞干布肯定会是个明主。我暗笑，太宗也有逻辑不通的时候，皇上聪明臣下一般不笨，可是臣下聪明皇上蠢的可是不少。不过那个松赞干布我倒是心里有数，东征西讨统一吐蕃，两次求婚软硬兼施，那份雄才大略和可伸可屈的坚忍昭如日月。金戈铁马纵横捭阖是我长久以来的一个英雄梦，他应该担得起。婚姻对他来说是什么？我迟疑了一下——婚姻对我来说又是什么？

皇后拍了拍我："雪雁，回去和家人守岁吧。"我点点头，还是雪雁让我听着舒服。

行过一路繁华到家，兄弟姐妹们酒兴正酣，看见我大喊大叫地罚了三杯婪尾酒。贞观十四年，我在长安的最后一个除夕悄然而逝。

初七，人日。我早早跑到后宫等着听太宗怎么难为那个禄东赞。长孙皇后给我看我的嫁妆清单，我带走的简直是一个微型唐朝。这份嫁妆庞大到我开始怀疑是我陪嫁这些东西还是这些东西陪嫁我，心里还是着实佩服我大唐开放的气度，我也因为这气度多了一份庄严。

长孙拉着我的手，说："雪雁，你身上有大唐的气息，我一向喜欢你眼底那份清绝的坚忍，你能给吐蕃的会远比我们想到的更多。"想到我可以影响一个民族，重任在肩的感觉让我跃跃欲试，开始膨胀自己的使命感和自信心。

皇后告诉我太宗一共出了五道题，从初七考到十二。我听了题笑着对皇后说："他第一道过了就不用担心接着的三道了，最后一道就要看他的运气了。"

第一题是用丝线穿一个九曲明珠。一会儿探消息的宫女回来，兴奋得脸发红。这个吐蕃人真是聪明呢！他在那个九曲明珠两头涂上蜂蜜，又在丝线一端涂上了蜜，找了一只蚂蚁，那蚂蚁乖乖地咬着线头穿过去了。我眯了眯眼睛，算是承认棋逢对手了。

正月十一，太宗把我喊去，说明天要让禄东赞在三百个和我身高相貌差不多的人之中把我找出来。我看了看那些姑娘，把我最爱用的香囊分给她们。然后让她们在自己的眉心都点了一颗和我一样的痣。最后告诉她们第二天不要和使臣有目光接触。最容易暴露我身份的三个特征消弭了，我倒是蛮有兴趣看这位聪明的使者怎么办。

正月十二，在出场之前，我在屏风后仔细地端详了一下那个禄东赞，果然和我想的一样，坚实，目光沉着。

我们环佩丁当、香气萦人地站到这位使者面前。禄东赞微怔了一下，我暗自得意被我猜中了——这位仁兄肯定打听过我的特征。他徐徐地在我们身边绕来绕去。大家都目光游离，他手里的那个彩箭和他一样茫然。

小小的胜利感过后，我在犹豫要不要给一点提示，既然是不可改变的事实，为什么不给一个大团圆的结局呢？这时候，彩箭伸到了我的面前，禄东赞对着我微笑，完满结束。听到他对太宗说，是我的一个凝神泄露了我作为一个公主自如的气质，而且他说，当智慧和经验不起作用的时候，他永远相信直觉。太宗颔首。

皆大欢喜，准备行装。父亲持节护送。走的那日正是元宵节。长安街上高棚彩楼已经搭好，可以想见夜晚宝马香车、灯市如昼的场面。

大唐的盛世繁华以后是我永远的背景而不再是可触的现实，本来我可以在这繁华怀里做一个平凡的长安女子，在波澜不惊中端详我的一生。和亲在许多人那里听着像血泪，在我这里却成了逃避平凡之路。太宗送我十里长亭，我在离别的目光里交出了我一生的岁月。长安渐行渐远，我奔向一个不同凡俗的、有无限可能的未来。我对着历史的烟尘眨了眨眼，逃避平凡注定要遭受磨难，我已经整装待发。

翅　膀

〇临川柴子

关小羽长出了一双翅膀，这双翅膀是他用意念造出来的。

放暑假了，想好好玩玩的关小羽失望了。所有的时间都被预定被填充，关小羽依然活动在家与培训班之间。父母临上班前反复叮嘱他在家里要认真练琴。看到那张琴亮着一排黑白分明的眼睛，关小羽心里就有一种烦躁和厌恶。

关小羽拉了拉门，门很坚固，从外面反锁上了。他又去开窗，只看到窗外那一方天空。关小羽双手托腮，像一只困在笼中的鸟。

假如我是一只鸟，关小羽想，那样就自由了。他看到窗外有白色的鸟飞过，翅膀自由地在空中划着优美的弧线。

如果我有一双翅膀，我一定像鸟儿一样飞翔。关小羽想。

“如果你想变成一只鸟，你就动用自己全身的力量，用意念让自己成功。”关小羽突然想起看过的一篇童话。关小羽心念一动，就盘坐在镜子前，集中意念全身心地默想，默想自己能够拥有一双翅膀。

不可思议的奇迹出现了。睁开眼，关小羽看见自己的双臂正在变成翅膀的样子，他舞动了几下，呼呼生风。

我长翅膀了，我能飞了！关小羽抑制不住内心的激动，他在屋子里绕了几个圈，然后从前门到达阳台，再从阳台上直飞了出去！

关小羽在空中还没忘记最后看一眼自己的家，看一眼他生活了十多年的房间，他现在变成了一只鸟，他脱离牢笼了。

关小羽在城市的上空自由而孤独地飞着，没看到一个同伴，他就向郊外飞去。在郊外，他看见一片苍茫的田野，其间有连片的工厂区，几支高高的烟囱利剑一样地插向蓝天。

太阳快要落山了，做了一天的鸟，自由而枯燥，关小羽收起翅膀，落在一棵瘦小的树上。他觉得做一只鸟并不幸福，如果只是整天这样飞来飞去，那也是一件相当无聊的事。关小羽害怕了，他不想做一只无家可归的鸟，他要回家，他要变回去。

关小羽又从郊外往城里飞，却在鳞次栉比的钢筋水泥丛林中迷了路。每个窗口都亮着同样的灯火，既熟悉又陌生，关小羽成了一只迷途的鸟。

从此，自己将做一只彻底的鸟儿了。想到将成为猎人的目标，关小羽悲从中来。突然，他从一家窗口看到一个熟悉的身影，那是他的同学江晓妍。他大声叫着江晓妍的名字，可是江晓妍只是呆呆地看着他。此刻在她眼中，他不过是一只鸟，一只城市中的鸟。

"妈妈，你看，有一只鸟。"

"不许说话，专心练琴。"

关小羽看到江晓妍的面前也有一架钢琴，江晓妍的手指在上面叮叮咚咚地敲打着。她母亲可不像自己母亲那样开通，只把他一个人关在家里练，江晓妍的母亲像巫婆一样站在江晓妍的身后，手中的棍子时不时地落在江晓妍的身上。关小羽想制止她的暴行，大声地叫着。江晓妍的母亲挥舞着手中的竹竿，毫不留情地击打着落在窗台上的关小羽，关小羽惊叫了一声，展开翅膀仓皇地飞走了。

关小羽飞过一扇又一扇窗口，还没有找到自己的家，就有些心慌意乱。这时，他又看到一张熟悉的面孔，他看到班上的小胖正趴在桌上做作业，桌子上堆满各类课外作业。小胖戴着厚厚的眼镜，像一只蜗牛行进在书山题海中。小胖的母亲一脸阴险的笑，正在用一只鸡腿引诱着小胖：

“乖，再做两道题。”小胖望了望散发着诱人香味的鸡腿，又埋下头，黑色镜框快要挨到桌面上了。

关小羽这次没有叫小胖，知道叫他他也认不出自己来，关小羽又展开翅膀飞在了城市的天空。就在他茫然若失的时候，他突然看到了父母的身影，他找到自己的家了！关小羽激动地收翅停在阳台前。他想，父母一天没有看到他了，一定非常着急，他要变回去。

可是意外的是关小羽看到屋内有一个长得和他一模一样的男孩正在练琴，他父母在一旁骄傲地欣赏着。屋子里的关小羽看到阳台上的这只鸟，凝神望了一下，又默然地低下头去。

屋内的关小羽和阳台上的关小羽又一次目光相撞，片片羽毛纷纷飘落。

关小羽就在这时哭了，哭着的关小羽突然醒了过来。太阳依然很亮，窗外的小鸟在展示它们的翅膀，关小羽的面前排列着长长的黑白相间的琴键。

感恩的心

〇关小敏

珍妮是一位盲人小姑娘，虽然她的眼睛看不见，但是她心灵手巧，特别喜欢捏泥人。那些小泥人捏得有模有样，一个个栩栩如生。珍妮常常把捏好的小泥人送给其他孩子。

但是她是个寂寞的孩子，因为很少有人和她说话。她经常把耳朵贴在玻璃窗上，倾听楼下孩子们上学或放学时的欢声笑语，这已经成了她的习惯动作。

“如果有人能陪我说说话就好了。”孤独的珍妮把捏好的小泥人小心翼翼地平放在桌子上，然后轻轻叹了一口气。她今天一共捏了十个小泥人。

突然，发生了一件非常奇怪的事。桌上的十个小泥人一个个动了起来，他们开始伸腰弯腿，接着就“咚咚”地跳到了桌子下面，把珍妮围了起来，有一个小泥人还伸出小手轻轻地抚摸了一下珍妮沾满泥水的手。珍妮被这轻微的触动吓了一跳，紧接着她听到一阵的声音。

“就是这双手创造了我们。”有一个小小的稚嫩的声音传入了珍妮的耳朵，这时她感觉有许多冰凉的小手都在抚摸她的手，“亲爱的小主人，谢谢你创造了我们。”

“是谁在说话？”珍妮有些惊恐，她伸出手，四处摸索着，终于摸到了一个光滑而冰凉的身子。咦，这不是她捏的小泥人吗？难道他们都活了？

“是……是小泥人？”她的声音有些颤抖。

“是我们啊!”十个小泥人挤在一块儿，让珍妮挨个儿抚摸他们。“我们来陪你说话，陪你玩，以后你再也不寂寞了。”

珍妮又惊又喜，几乎不敢相信自己的耳朵，可是除了这些小泥人，屋子里再没有别人了。珍妮激动不已，许久没有说话的她感觉舌头有些僵硬，不知道从哪里说起。但是小泥人特别有耐心，他们和她亲切地交谈着，而且在她疲惫的时候，唱歌给她听。这些善解人意的小泥人带给了珍妮很大的快乐。

小泥人们把珍妮看成创造他们生命的上帝，而珍妮则把小泥人们看成了上帝的恩赐。这十个小泥人和珍妮成了要好的朋友，他们还经常帮珍妮做一些她不能做的事：帮她打扫房间，帮她拿东西，把她的家整理得井井有条。

珍妮再也不用把耳朵贴在冰凉的玻璃窗上，去倾听孩子们的欢声笑语了。因为在这间小屋子里，每天都充满了快乐的笑声。

快乐的时光却在一场灾难中停止了。这天晚上，珍妮生病了，发起了高烧。她感觉冷极了，迷迷糊糊中她摸索着去点火炉，小泥人们为她抱来了木柴。

“嚓”，火炉点燃了。屋子里暖和了许多，可是珍妮依然觉得冷，她披上几条厚厚的毛毯。小泥人们为珍妮煮好了热茶，然后递到了她手里，就又忙着去抱木柴了，他们想把炉火烧得更旺一些，这样珍妮就不会感觉冷了。

病中的珍妮坐在炉火前，颤巍巍地伸出手，想靠炉火的温暖烤烤手。正在这时，她身上披着的毛毯不小心掉到了火炉里，瞬间，毛毯迅速地燃烧了起来，接着紧挨着毛毯的易燃物也都“嗞嗞”地燃烧了起来。

珍妮感觉身上热烘烘的，她躺在地上慢慢睡着了，根本不知道屋子里已经着火了。

当小泥人们抱着木柴进屋的时候，屋子已经快成火海了。珍妮躺在地上，一动也不动。楼下传来了人们的惊叫声，他们知道起火的房子是盲女珍妮的家。为了救小主人，小泥人们来不及考虑，纵身跳进了火海，在屋里滚来滚去地扑火。当燃烧的火焰灼烫着他们的身体时，他们虽然很痛苦，但谁也没有退缩。最后，他们只感觉自己的身体在逐渐地僵硬，随着一声声轻响，那膨胀的身体开始破碎了。

当人们冲进屋子，准备救珍妮的时候，火已经熄灭了，地上全都是零零碎碎的土块儿。人们把珍妮扶到床上，珍妮这才醒过来，当人们把发生火灾的事告诉她后，她不禁愣住了。

“这火是怎么给扑灭的?”人们开始议论纷纷，“这地上怎么有这么多土块儿?”

珍妮什么话也没说，眼泪却不停地流了下来，她知道一定是十个小泥人救了她。她躺在床上不停地啜泣着，人们以为她受到了惊吓，不断地安慰着她。

第二天，帮助珍妮打扫房间的人从土块儿里找到了十颗金灿灿的心状物。他们把这些东西交给了珍妮，珍妮抚摸着它们，嘴角露出了一丝笑容。

“小泥人们都有一颗金子般的心，”她喃喃自语，“任何火焰都难以熔化它们。”

珍妮又开始捏小泥人了，她把这十颗心状物放在了十个小泥人的身体里，于是这十个小泥人又回到了她的身边。他们又开始一起过着快乐而幸福的生活了。